OMICIDIO AL CHIARO DI LUNA

DIANA RUBINO

Traduzione di
SIMONA LEGGERO

INDICE

SOUVENIR

Un colpo di mortaio colpì il terreno ed esplose. Un lampo accecante illuminò il cielo notturno, illuminando cinque facce spaventate all'interno della vecchia fattoria.

La seconda granata mise a segno un colpo diretto, scuotendo la casa fino alle fondamenta. Mentre i detriti si spargevano ovunque, la forza esplosiva aveva scheggiato il tavolo di legno. Mappe, documenti, libri e computer volavano per la stanza.

Gli uomini si affrettarono a prendere le loro armi, tutti tranne Hani Terif. Cercò freneticamente tra le macerie un oggetto vitale. "Fatemelo trovare, vi prego!", implorò.

Mentre raschiava tra i frammenti di legno, carta, plastica fusa e metallo, il suo orecchio allenato distingueva ogni suono, anche al di sopra delle loro stesse armi che sputavano e tossivano. I mortai poggiavano in lontananza. I proiettili stridevano sul raspare dei fucili automatici di fabbricazione americana. Quando le mitragliatrici calibro cinquanta fecero gargarismi con il fuoco dei fucili, lui si bloccò. Questo significava una sola cosa: commando israeliani, troppi da respingere. Dovevano fuggire subito o affrontare una morte certa.

Con le loro vecchie armi russe e le munizioni limitate, lui e i suoi compagni del Deadly Underground non avevano alcuna possibilità contro i loro assalitori. I soldati meglio addestrati di questo lato del mondo, i commando israeliani si erano avvicinati velocemente. Le loro vite potevano essere ridotte a una manciata di secondi, i suoi uomini avevano lottato per uscire. Strisciavano, trascinando le gambe ferite. Zoppicavano, con le braccia strette intorno alle spalle dei compagni.

"Incontriamoci al rifugio Deadly Underground fuori dal Cairo tra due settimane!" Hani ordinò ai suoi uomini. "Terrò a bada il nemico il più a lungo possibile".

I razzi ruggirono sopra la testa in una terribile raffica. I suoi muscoli si strinsero. Sapendo che non avrebbe mai sentito il colpo che lo avrebbe ucciso, tremò. Gli altri caricarono nella notte, sotto la copertura del fuoco della sua mitragliatrice. I proiettili israeliani sussurravano intorno ai loro piedi. Continuò a scrutare la stanza alla ricerca dell'inestimabile Corano. Alla fine, i suoi occhi acuti lo scorsero incastrato sotto un angolo del tappeto. Grato per la sua vista acuta, saltò attraverso la stanza per afferrare il piccolo libro rilegato in pelle.

Fuggì dall'edificio mentre un'esplosione lo fece saltare in aria. Guardando i suoi compagni d'armi ridotti a frammenti di ossa e schizzi di sangue, Hani si rese conto di essere l'unico sopravvissuto.

Il 747 della British Airways si dirigeva verso Londra con il suo carico di turisti americani, visitatori britannici ansiosi di tornare a casa, passeggeri che volavano per la prima volta e un equipaggio geniale. Il gruppo di Lassiter Tours era seduto nella carrozza; sei americani di varie età e origini, in procinto di imbarcarsi nel loro tour turbinoso dell'Egitto.

Sistemato in una poltrona alla finestra, il dottor Lawrence Everett, professore di studi del patrimonio alla Plymouth State University, leggeva una tesi sul suo iPad. Accanto a lui sedeva sua moglie Janice, che mormorava silenziosamente un'Ave Maria, con la corona del rosario stretta tra le dita.

Il professor Everett notò la testa china della moglie. "Tesoro, non siamo ancora decollati". Per sicurezza, prese il sacchetto foderato di plastica nella borsa davanti a lei.

"Ehi, finalmente ci stiamo muovendo!" Jeff Sullivan, il passeggero alla destra di Janice Everett, le diede una gomitata. "Siamo in viaggio verso la nostra prima sosta per il carburante: Londra Heathrow", dettò in un registratore digitale. "Da lì proseguiremo per Il Cairo, in Egitto. L'origine di tutto il genio conosciuto dall'umanità..."

Dall'altra parte del corridoio, nei tre posti centrali, sedeva la famiglia Russo, nata a Brooklyn: Dominic, sua moglie Anna Maria, che si occupa di salute, e la loro figlia ventiduenne Carmella, che leggeva *Yoga Journal*. Questo viaggio era una celebrazione della seconda possibilità di vita di Carmella.

Il jet si sollevò tra le nuvole, in procinto di spargere la sua scia di vapore attraverso l'Atlantico.

Il gruppo della Lassiter Tours arrivò al Cairo Hilton in tempo per una cena tardiva. Dopo il frettoloso pasto nel ristorante dell'hotel, arrivò il direttore del tour.

"Buona sera. Sono Yasar Massri. Sono uno studente di archeologia egiziana e sarò la vostra guida per le prossime due settimane".

I viaggiatori si riunirono nella hall dell'hotel mentre Yasar raccontava una breve storia di Memphis, la loro prima tappa del mattino seguente. "Vi preghiamo di essere qui nella hall alle otto e mezza per incontrare il nostro pullman", terminò la sua tiritera di istruzioni. "La colazione sarà servita alle otto".

Mentre la folla si muoveva verso gli ascensori, Carmella si avvicinò a Yasar, che stava entrando nel salone. "Parli come un dotto uomo di mondo". Disse frettolosamente senza prendere fiato per l'eccitazione. "Non vedo l'ora di vedere l'Egitto".

"Immagino che tu non sia mai stata qui prima". Si mosse verso di lei, chiudendo la rispettabile distanza.

"No, mai. Questo è un viaggio molto speciale per me. Una vera celebrazione. Sono sempre stata affascinata dalla storia egizia e dal mistero delle piramidi, come sono costruite con tanta precisione, allineate con le stelle. Sicuramente avete una storia di cui essere orgogliosi".

Lui rispose con un sorriso. "Beh, grazie. Ne siamo orgogliosi".

"Ogni volta che viaggio, mi assicuro di incontrare la gente del posto. Specialmente le guide turistiche". Fece una pausa per fare effetto e per prendere fiato. "Ti piacerebbe sederti nel salone e parlare un po'? Prenderò anche degli appunti". Fece scivolare il suo iPad dalla borsa per mostrarglielo.

"Ne sarei felice". La condusse nel salone dove presero due posti in un accogliente tavolo d'angolo. Lui ordinò una birra e lei un succo d'arancia.

"A proposito di storia, guarda questo". Fece scivolare dalla tasca un piccolo libro di pelle e glielo porse.

Lei fissò con meraviglia mentre lui glielo metteva in mano. "È così antico e fragile. È stato trovato nella tomba di un faraone o qualcosa del genere?".

Ridacchiò . "No, è un Corano. L'ho comprato stamattina a un'asta. In qualche modo è sopravvissuto a una battaglia tra commando israeliani e terroristi alla vecchia fattoria Bishara, qualche mese fa".

Lo aprì e fece scorrere un dito sulla copertina interna. "È così logoro e... cos'è questa scritta qui?"

"Non sono sicuro. Ho bisogno di studiarlo meglio". Il cameriere servì loro da bere. Yasar prese un sorso della sua birra.

"L'hai pagato molto, se non ti dispiace che te lo chieda?" Lo aprì a una pagina a caso e passò gli occhi sull'antica scrittura straniera.

"Circa cento dollari, soldi americani. Gli altri offerenti erano turisti, troppo spaventati dai terroristi di Deadly Underground per fare offerte anche per i pochi oggetti intatti. Come se uccidessero per i rottami delle loro cianfrusaglie". Ridacchiò.

"Beh, è certamente qualcosa di cui fare tesoro". Lei tenne il prezioso artefatto tra due dita e lo mise nelle sue mani.

"So che mi proteggerà da qualsiasi danno. Sembra superstizioso, ma è la sensazione che ho avuto dal momento in cui l'ho visto". Lo strinse e lo portò al cuore.

Carmella sorrise. "Oh, so tutto di questo. Nessuno è più superstizioso degli italiani del vecchio mondo. Ho visto i vecchi lanciare il *Malocchio*, il malocchio, quando ce l'hanno con qualcuno". Lei gli indicò l'indice e il mignolo.

"Spero che questo non significhi che me l'hai appena dato". Si schermò il viso con il suo Corano, ridendo.

"Niente affatto". Disse facendo girare la mano intorno al suo bicchiere. "Non auguro mai del male a nessuno. È un karma negativo. Tu sai tutto di questo, vero?"

Lui annuì. "Rispetto Dio, lo adoro e lo temo. E la sua collera. Se lo chiami karma, così sia".

Questo le mandò un brivido lungo la schiena. "Parliamo di

qualcosa di piacevole, come la tua storia. Non vedo l'ora di vedere le piramidi e tutti gli antichi manufatti".

Passarono la serata a chiacchierare di storia, arte, libri. Lei perse la cognizione del tempo.

Che bravo ragazzo, pensò, tornando alla sua stanza d'albergo. *Spero che sia su Facebook. Vale la pena conoscerlo meglio.*

~

La mattina dopo, un pullman aspettava fuori dall'entrata principale dell'Hilton del Cairo, mentre Yasar affrettava i turisti americani a fare colazione. "Ora dobbiamo salire sull'autobus, gente. È ora di partire".

Mentre ingurgitavano il loro caffè e si affrettavano a uscire dalla porta, Dominic Russo avvolse i croissant rimasti in un tovagliolo e li mise in tasca con i pacchetti di gelatina. L'autobus partì e si diresse verso Memphis, fermandosi brevemente in modo che Yasar e l'autista potessero guardare la Mecca e pregare. Yasar non sarebbe stato l'unico musulmano a bordo e ci si aspettava che tutti ascoltassero la chiamata alla preghiera.

~

Folle di turisti circondavano l'enorme statua di Ramses II, distesa sulla schiena all'interno di una struttura simile a un gazebo. Il cellulare di Yasar squillò e lui guardò lo schermo. "Per favore, rimanete uniti, gente, tornerò tra un momento", ordinò al gruppo. Si precipitò a rispondere alla chiamata. I turisti continuarono a guardare la statua e il cartiglio, il disegno a forma rettangolare con il nome di Ramses in geroglifico. Dopo dieci minuti, solo Carmella notò che Yasar non era tornato.

"Dov'è Yasar?" La attraversò una fitta di paura.. Sapeva

quanto fosse pericoloso il Medio Oriente. Avevano fatto questo viaggio contro l'avvertimento del Dipartimento di Stato di starne alla larga. Gli occhi le sfrecciarono intorno mentre si precipitava fuori e abbassò gli occhiali da sole, scrutando la zona in cerca della bella guida turistica.

Pochi istanti dopo, apparve un poliziotto, con qualcosa in mano. I suoi occhi stretti scrutarono la folla. Con crescente orrore, Carmella vide che aveva in mano un distintivo giallo brillante di un gruppo turistico. Il cuore le balzò in gola quando l'ufficiale notò il distintivo corrispondente appuntato sul petto di Carmella. Lei ondeggiò, quasi svenendo quando lui si avvicinò al suo gruppo.

"Signore e signori", balbettò in un inglese vacillante. "La vostra guida turistica, Yasar... è morta".

Carmella scoppiò a piangere. La mascella di Dominic Russo si chiuse sul croissant che stava sgranocchiando. Janice Everett ebbe un sussulto e si inginocchiò a terra per pregare.

Dominic si avvicinò al poliziotto. "Come è morto?"

Jeff Sullivan cercò nella sua borsa il suo registratore digitale.

"A quanto pare è stato un avvelenamento".

"È quest'acqua... l'acqua di qui, ci hanno detto di non berla!" Anna Maria Russo si infilò in bocca due compresse di vitamina C.

"Signora, l'acqua qui è veleno solo per gli stranieri", spiegò l'ufficiale. "Yasar era egiziano".

"Allora è stata la maledizione del Faraone!" Janice Everett gridò, stringendo la sua corona del rosario consumata dalla preoccupazione.

Intorpidita dallo shock, Carmella seguì il gruppo fino all'autobus, e rimase seduta in un silenzio stordito per tutto il viaggio di ritorno al Cairo.

Aveva passato solo poche ore della sua vita con Yasar, ma

aveva apprezzato molto la sua compagnia. Ciò che la fece rabbrividire fu un pensiero improvviso: lui era stato così sicuro che il piccolo Corano lo avrebbe protetto dal male.

Quel libro a brandelli era maledetto in qualche modo? Scosse l'orribile pensiero dalla sua mente. *Questa è* superstizione del Vecchio Mondo.

~

Un detective arrivò all'hotel dopo cena per interrogare il gruppo di turisti e prendere le loro dichiarazioni. Dopo averli ringraziati se n'è andato, lei non aveva contribuito alle lamentele indignate del suo gruppo: "Cosa pensa che siamo, assassini?". "Come osa parlare agli americani in questo modo!". "Vorrei avere qui il mio avvocato!

~

Un sostituto della guida turistica arrivò all'hotel la mattina dopo: un altro studente egiziano di nome Samir. "Yasar ed io eravamo buoni amici", disse al gruppo, i suoi occhi scuri pieni di lacrime. "Sono profondamente addolorato per la sua morte prematura".

~

Le magnifiche piramidi si profilavano davanti a noi, svettando nel cielo blu senza nuvole. L'antica Sfinge era accovacciata sulla sabbia. Samir condusse i viaggiatori a piedi fino alla piramide del re Khufu, mentre i cammelli trottavano al loro fianco, i loro cavalieri abbaiavano offerte per scattare foto per soli 20 dollari.

"Se qualcuno soffre di claustrofobia, rimanga fuori piuttosto che affrontare il buio e lo stretto passaggio all'interno della piramide", avvertì Samir. Carmella scelse di rimanere fuori. Gli altri viaggiatori entrarono nella tomba, si accovacciarono in avanti e scomparvero all'interno. Samir si voltò verso la Mecca e pregò.

Venti minuti dopo, i turisti emersero. Ma Samir non si vedeva da nessuna parte.

"Dov'è Samir?" Il professor Everett si lucidò gli occhiali con un panno lustrascarpe dell'hotel.

Il cuore di Carmella sbatté. Cercò i volti tormentati dei suoi compagni. *Oh, no.* Un'inquietudine minacciosa aleggiava sul gruppo come una nuvola di tuono.

Un'ambulanza si fermò di fianco all'autobus turistico. Due barellieri fecero il giro della Piramide e tornarono portando un corpo avvolto in un lenzuolo macchiato di sangue. Proprio come l'ultima volta, un poliziotto al seguito teneva in mano un familiare distintivo giallo, ma questo era sporco di sangue.

Le ginocchia di Carmella cedettero. Singhiozzò, non solo per il dolore per le due uccisioni senza senso, ma la paura la trafisse come un pugnale.

Non poteva fare a meno di chiedersi: *Chi sarà il prossimo?*

"Dobbiamo trovare un prete", si lamentò Janice Everett mentre Jeff Sullivan riportava la notizia nel suo registratore.

Ancora una volta, un detective interrogò il gruppo e prese appunti. Questa volta erano troppo sbalorditi per lamentarsi o desiderare un avvocato. Rimasero seduti, con le facce congelate, guardandosi l'un l'altro. Sembrava che nessuno volesse destare più sospetti essendo il primo ad alzarsi e ad andarsene.

Così, Carmella si alzò per andarsene. Dopo tutto, sapeva di essere innocente. "Spero che scoprano chi ha commesso questi orribili crimini", dichiarò. "Buonanotte, gente". Fece un cenno ai suoi genitori, si voltò e si diresse verso il bar per un buon whisky.

"Sono Antonio Calabrese, la vostra nuova guida turistica, e domani la nostra prima tappa sarà il Museo del Cairo". L'italiano dai capelli ondulati salutò i viaggiatori americani nel salone dell'hotel più tardi quella sera. Passò in rassegna la storia della tomba di Tutankhamon, scoperta nel 1922 da Howard Carter, e le numerose morti attribuite alla "maledizione" del faraone. "Ma questo è *pazzo*". Sorridendo, girò un dito intorno al lato della testa. "Le maledizioni non esistono". Gli altri annuirono in pieno accordo, unendosi a lui nelle risate e nel ridicolo, liquidando la cosa come stravagante. A Carmella, le loro risate suonarono vuote e forzate, come se si sforzassero troppo di dimenticare l'orrore dei giorni precedenti.

Carmella non rise. Non che credesse nelle maledizioni - la sua mente si soffermò su qualcos'altro. Un istinto ultraterreno le diceva che aveva già conosciuto Antonio. Forse non in questa vita, ma era così attratta da lui che sentiva che condividevano una potente connessione cosmica. Erano parenti? Ehi, con tutta la consanguineità del Sud Italia, un cognome comune era l'ultimo modo in cui le persone scoprivano i loro parenti.

Non aveva Calabresi nel suo albero genealogico, ma questo non significava nulla. Con ogni probabilità, condividevano la stessa linea di sangue. La sua voce interiore ripeté tante volte *Ti conosco*, che cominciò a pronunciare quelle parole in silenzio mentre lui si rivolgeva al gruppo.

Scrutò ogni volto, e per un istante i suoi occhi incontrarono quelli di lei. Lui distolse lo sguardo, ma lei mantenne uno sguardo fisso su di lui.

Lei incrociò le gambe, facendo oscillare il piede avanti e indietro. Qualche minuto dopo lui la guardò di nuovo, la individuò e le fece l'occhiolino. Lei sorrise. Lui distolse lo sguardo. Lei osservò ogni sua mossa. Lui faceva elaborati gesti italiani mentre descriveva la storia con zelo e passione. Una canzone rock con un ritmo costante pulsava attraverso gli altoparlanti della sala. Lei iniziò a ondeggiare seguendo la musica. Lei batteva il piede. I loro corpi si muovevano al ritmo esatto l'uno dell'altro. I loro occhi si incontrarono di nuovo.

Questa volta si bloccarono.

Dopo cena, i suoi genitori andarono nel salone per un cocktail, ma Carmella rimase in camera per aggiornarsi con i suoi siti di social media. Verso le nove, sentì bussare alla porta. Aspettandosi i suoi genitori, aprì, ma fece un passo indietro per la sorpresa. "Wow, questo è quello che io chiamo servizio in camera!"

"Ciao, Carmella". I -capelli- di Antonio Calabrese -si abbinavano ai suoi occhi, di un marrone cioccolato intenso, la sua carnagione abbronzata dal sole del sud Italia Non era molto più alto di lei, ma la sua corporatura mostrava che si prendeva cura di sé-.

"Volevo conoscerti e... beh, spero di non disturbarti". Lui guardò oltre la sua spalla nella stanza. "I tuoi genitori mi hanno detto di salire. Spero di non essere troppo sfacciato. Mi hanno avvertito che sei una dura ragazza di Brooklyn, non che io abbia intenzioni impure..."

Ringraziò Dio di non essersi messa i capelli in quegli orribili bigodini elettrici rosa che trascinava ovunque. Gli tenne la porta aperta. "Non si è mai troppo avanti, Antonio. Abbiamo dei volumi di cui parlare". In qualche modo sapeva che questo non lo avrebbe fatto scappare. Questo non era un incontro casuale. Questa era la prima notte del resto della loro vita insieme. "Prego, si accomodi."

"*Grazie.*" Si sistemò su una sedia del salotto.

Si appollaiò sul divano, a una distanza rispettabile. "L'universo sta plasmando entrambi i nostri destini in questo preciso momento, sai", lo informò, una cosa strana da dire a qualcuno che conosceva da 20 minuti. Ma era del tutto appropriato e vero.

"L'ho capito anch'io, quando ti sei connesso con me prima nel salone. Altrimenti non sarei qui". La sua voce rassicurante accarezzando le orecchie.

"Mi dispiace non essermi presentato prima, ma ho dovuto studiare un po'. Sto lavorando a un master in storia dell'arte e archeologia e ho inserito le visite tra le lezioni e gli esami". Si sedette e incrociò la caviglia sul ginocchio.

"Beh, anch'io. Sto studiando per un master in storia delle donne alla New York University. Anche se in fondo sono un'artista. Una scrittrice, ma la chiamo arte".

"Anch'io sono un artista. Dipingo a olio". Lui diede un'occhiata al suo iPad. "Se puoi più tardi, perché non andiamo giù nel salone a bere qualcosa?".

"Che ne dici di andare da qualche parte dove non dovremo sederci con i miei genitori?" Si alzò e prese la giacca. "Conosci qualche posto dove possiamo intrufolarci?"

Entrerebbe con lui in una delle Piramidi se fosse aperta. Qualsiasi cosa per le loro anime per fondersi e connettersi. Il modo in cui doveva essere.

Seduto a un tavolo di legno per due in -un bar poco illuminato, con un succo d'arancia davanti a lei e un bicchiere di vino davanti a lui, Antonio iniziò la conversazione molto timidamente

"Allora, ti astieni stasera? O fa parte di una colazione anticipata?".

"No." rispose sorseggiando il suo succo. "Sono sul carro in modo permanente. Non bevo affatto".

Antonio si toccò la catenella che aveva al collo, da cui pendeva una testa di Cristo d'oro. "Bevo vino e birra ma non mi drogo. So che tutti hanno un...". Cercò una parola.

"Vizio".

Lui annuì. "Ah, *sì*. O forse vezzo ?". Prese un sorso di vino. "Perché non bevi? Ti fa star male?"

"No, è più profondo di questo. Il mio migliore amico è stato ucciso in un incidente d'auto. Investito da un guidatore ubriaco". Parlava liberamente, senza scoppiare in lacrime. Non era doloroso parlarne con lui. Trovava catartico condividere con lui una delle sue tragiche perdite. Più tardi avrebbe condiviso molto di più. "Ma tu continua pure a bere. Ma non esagerare".

Il loro primo incontro e lei gli stava già dando ordini! Ma le usciva dalla bocca con la stessa naturalezza con cui pronunciava il suo nome. Lui rise, mostrando il suo sorriso splendente al chiaro di luna. "Obbedisco, *Consigliere*".

"È per il tuo bene. Io—" Stava per dire "ci tengo a te", ma chiuse la bocca, tagliando fuori quella confessione. Non aveva mai sperimentato l'amore a prima vista, ma ora sapeva che questa era una connessione potente. Lei e Antonio Calabrese avevano condiviso un viaggio lontano.

Antonio fissava il suo bicchiere di vino, come se fosse una sfera di cristallo. Alzò la testa e i loro occhi si incontrarono. "Sei stato a Salerno lo scorso aprile?"

"No, ma sono stato a Roma e Milano l'estate precedente. Perché?"

"Niente, io..." Fece roteare il bicchiere di vino nel suo bicchiere, i loro occhi erano ancora bloccati. "Pensavo di averti visto lì, allora. Avrei giurato di averti visto. Se non eri tu, hai un gemello".

"Tutti dovremmo avere un doppio". Ma un suo sosia? Beh, forse a sud di Roma...

Lui le fece l'occhiolino. Le guance di lei si infiammarono. "Te lo spiego, Antonio. Non ci siamo mai incontrati, né in Italia, né in questa vita, ma io ti conosco. Vedrai cosa voglio dire man mano che il tour continua. Non voglio dire altro adesso perché lascia troppo spazio al dubbio, ma alla fine del tour ti renderai conto che quello che dico è la pura verità".

"Lo so già". Lui le afferrò la mano sul piano del tavolo. "Parliamo di te. Cosa hai fatto a Roma e a Milano quell'estate?".

"Ho dei parenti a Formello. Vado a trovarli ogni anno, se posso. Facciamo viaggi secondari in tutta Italia e nel continente. Speravo di trovarti in uno di questi viaggi".

"E ci incontriamo in Egitto. Quanto è strano?" Scosse la testa, un sorriso sognante sulle labbra.

"Non è affatto strano. Proprio il contrario", ribatté lei, studiando le sue fossette. "Perché le nostre strade erano destinate a incrociarsi". Il delicato sorso di succo che prese divenne un sorso. Lei balbettò.

"Stai bene?" Si chinò in avanti.

"Sì, solo..." Tossì e si schiarì la gola. "È andata male. Questa vacanza è stata una cosa irreale dopo l'altra. Voglio dire, io e te che ci incontriamo qui, e io con questa sensazione di déjà vu".

"Se lo dici tu". Sorrise e si lisciò i capelli. "Non posso dire di averti incontrato prima. Non incontro spesso belle ragazze come te. Anzi, quasi mai".

Lei sussurrò un "grazie" tra un sorso e l'altro.

"Mi piacerebbe vedere alcuni dei tuoi lavori", disse. "Che tipo di materiale scrivi?".

"Biografie. Volevo scrivere narrativa di genere, ma mi sono fissata con la storia. Sto facendo ricerche su Lucrezia Borgia".

"Non mi intendo di scrittura..." Premette il pollice e la punta delle dita insieme e mosse la mano avanti e indietro nel classico gesto italiano. "Come si dice... gergo. Cosa hai detto che è?".

"Biografia", rispose lei. "Storie di fatti, niente finzione".

"No, quella parola francese". Lui scosse l'aria.

Lei alzò l'indice. "Oh, genere. Significa categoria. Western, misteri, romanzi, sono tutti generi".

Lui annuì. "È così anche con l'arte. C'è il cubismo, l'impressionismo", contò sulle dita, "il futurismo, tutti gli 'ismi', poi c'è il Bauhaus... a decine. Solo che si chiamano movimenti". Aggrottò un sopracciglio e inclinò la testa, stringendole la mano. "Dobbiamo vedere i lavori degli altri".

Un'ondata di emozioni - stupore, affetto, fremiti d'amore - le attraversò il cuore, riscaldandola. "Oh, *sì, sì*", sussurrò. "E io sono una grande appassionata d'arte. Che tipo di quadri fai?".

I suoi occhi non lasciarono mai quelli di lei. "Di questi tempi, ritratti di ricchi egiziani".

Lei fermò il suo bicchiere a metà strada verso la bocca. "Perché?"

"Beh, è contro ogni previsione che sono venuto a vivere qui. Quando vivevo a casa dipingevo paesaggi ad olio. Ho provato a iscrivere i miei quadri alle mostre d'arte, ho provato a venderli nelle gallerie, nei negozi, ovunque. Nessuno li voleva. Non potevo darli via. Così, dopo diversi anni di rifiuto dopo rifiuto, e di crudele scherno da parte di tutti, compresa la mia stessa famiglia, ho rinunciato". Emise un sospiro. "Ho gettato i miei quadri nella spazzatura. Una ricca donna egiziana in vacanza passò davanti a casa mia e notò i miei quadri nella spazzatura. Bussò alla mia porta e mi disse quanto ammirasse il mio lavoro. Mi assunse per dipingere scene d'Egitto".

"Come potresti, se non sei mai stato qui prima?"

Feci un sorriso. "Lei mi ha portato qui. Ora lavoro per lei, la sua famiglia e i suoi amici, dipingendo albe e tramonti egiziani, barche sul Nilo, piramidi, la Sfinge e tutti gli altri grandi siti. Ho guadagnato abbastanza per continuare la mia istruzione qui. La guida turistica è un modo semplice per guadagnare crediti per il mio master". Lui le fece un cenno. "Ecco perché sono qui, contro ogni aspettativa. Perché un'anima benevola ha trovato il mio lavoro nella spazzatura e ha creduto in me".

Si lasciò sfuggire un fischio basso. "Wow, che storia! Ora è il mio turno. Anch'io sono qui contro ogni aspettativa".

Le sue sopracciglia si alzarono e i suoi occhi si illuminarono. "E naturalmente, ho bisogno di conoscere la tua storia ora che ho condiviso la mia".

"Il mio amico Pete aveva una licenza di pilota privato. Siamo andati a fare un giro sul suo Piper Saratoga e si è schiantato". La sua voce vacillò.

"Oh, *Dio*", sussurrò.

"Malfunzionamento meccanico, qualcosa... è stato ucciso. Io sono sopravvissuta. Ho avuto delle ferite gravi, ma sono sopravvissuta. Mentre mi stavo riprendendo in ospedale, ho fatto un sogno su di lui. Ha sempre voluto venire qui, ha sempre scherzato sul fatto che il suo aereo non sarebbe arrivato in Egitto, ma nel sogno mi ha chiesto di venire qui per lui. E così eccomi qui. A festeggiare la mia seconda possibilità di vita. Non lo chiamo un incontro con la morte".

"Allora sei qui per una ragione fatale". Il suo cenno la rassicurò.

"No, sono qui per due motivi fatali. Ero destinata a incontrarti. E niente potrà rovinare questo. Ma..." Lei trasalì quando una pugnalata di paura le trafisse lo stomaco. *Dio, ti prego, fà che non incontri una fine tragica come le ultime due guide,* pregò silenziosamente. Fece un respiro profondo prima di spifferare tutto. "Spero che tu sappia cosa è successo alle nostre ultime due guide turistiche. Le voci vanno dai crimini passionali alla maledizione del faraone. Non sappiamo più cosa pensare". La sua voce tremò. Strinse i pugni per non tremare.

"Non sono preoccupato". Sorrise, i denti bianchi che brillavano sulla pelle abbronzata. "Sono al sicuro da qualsiasi maledizione egiziana. Sono italiano".

"Questo è piuttosto cavalleresco". Tremava mentre la paura si rifiutava di smettere di aleggiare su di lei. "Credo che le maledizioni siano sciocche, ma credo che l'energia cattiva sia dannosa e mortale. Ciò che qualcuno chiama maledizione può essere solo energia cattiva o un'entità malvagia che vuole farti del male. Finché c'è energia buona, deve esserci anche quella cattiva". La sua voce si stabilizzò mentre parlava e si calmò un po'. "Ma tu sembri essere molto... con i piedi per terra". Lei lo guardò negli occhi e vi vide l'intelligenza. *No, questo ragazzo non crede nelle maledizioni e nemmeno nel karma*, pensò con un sorriso segreto.

Quegli occhi intelligenti si illuminarono. "Questa è una parola perfetta, terra. A me hanno sempre detto che sono troppo con i piedi per terra. La stessa differenza, suppongo". Lui guardò l'orologio e lei precipitò di nuovo sulla terra, i vincoli del tempo che infrangevano la magia del loro incontro. "Devo studiare ancora un pò, *cara*".

"Il tempo è una tale invasione della privacy. Un'interruzione così sgarbata", disse, la sua voce pesante di delusione.

"Ho un esame imminente. Ma ti piacerebbe incontrarci nel salone domani sera?". Il suo accento piccante rendeva impossibile rifiutare qualsiasi cosa lui potesse chiederle.

"Naturalmente. É destino". Le parole erano uscite prima che lei si potesse rendere conto di sembrare drammatica. "Voglio dire, non c'è motivo per cui non dovremmo incontrarci domani".

"Nove va bene". Un sorriso si diffuse sulle sue labbra.

"Ehi, hai fatto una rima. Questo è carino". Lei gli restituì il sorriso.

"La mia prima volta in inglese. Forse dovrei fare il poeta".

"Puoi scrivermi una poesia quando vuoi". Si alzarono e lui l'aiutò a mettersi la giacca. "Ma il tuo esame è più importante. Posso aspettare", scherzò lei, assicurandosi che lui sapesse che era uno scherzo e facendogli l'occhiolino. Poi si prese mentalmente a calci: l'occhiolino era un pò troppo sfacciato per un primo incontro. Ma non ci mise il piede dentro cercando di spiegarlo.

Avrebbe potuto tornare alla sua stanza senza l'ascensore.

Naturalmente, cercò il suo nome su Google non appena attraversò la porta. Controllò Facebook e Twitter. Era uno dei tanti Antonio Calabresi nel mondo, ma non sotto una ricerca su Google o su nessun sito di social media.

Fa sul serio quando studia, pensò mentre twittava sul favoloso viaggio che stava facendo, senza i due omicidi.

I turisti rimasero a bocca aperta di fronte ai tesori conservati di Tutankhamon: il suo letto, i carri e gli oggetti personali, come sandali, gioielli e guanti. Ammirarono la magnifica maschera mortuaria d'oro. Anna Maria Russo lasciò una bottiglia di succo di pomodoro e una barretta energetica in un angolo, come ulteriori provviste per l'aldilà del re.

Antonio rimase illeso, eppure Carmella osservava ogni sua mossa, pregando per la sua sicurezza e la propria. Ma non riusciva a placare la paura di qualche antica maledizione sulle loro guide turistiche. Più realisticamente, qualcuno stava cercando di prendere le loro guide. Qualcuno che non aveva bisogno di alcuna maledizione per riuscirci già due volte.

Troppo stressata e nervosa per tornare nella sua stanza, Carmella andò nel salone dell'hotel dopo che i suoi genitori si ritirarono per la notte. Si sedette al bar curvo guardando la foto che aveva scattato ad Antonio con il suo cellulare quel giorno. Non riusciva a toglierselo dalla testa. Quando arrivò il cameriere, ordinò un succo d'arancia e notò un uomo ben vestito che la guardava, a un posto di distanza.

Ordinò un drink. Sotto le luci poco colorate, i suoi capelli scuri brillavano, irradiando un'aureola d'acqua intorno alla sua testa. Le sopracciglia scure ombreggiavano occhi espressivi che non mancavano di nulla mentre scrutavano la stanza e si posavano su di lei.

Non le interessava incontrare nessun altro, mai. Ora che aveva finalmente trovato il suo compagno di vita, non le interessava nemmeno un principe ereditario.

Si avvicinò e gli offrì il piacere della sua compagnia.

"Sei americana, vero?" L'accenno di una lingua aliena accentava delicatamente il suo inglese.

"Sì, lo sono", rispose lei per essere educata. "Siamo qui in vacanza".

"Le ragazze americane mi stregano. Siete così... libere e disinvolte".

"Posso essere accomodante. Libera non lo sono", mormorò.

Un medaglione d'oro sbirciava da sotto la sua camicia di seta aperta, ammiccando nella luce fioca contro il suo tappeto di capelli scuri.

"Sono Hani Terif". La sua voce era liscia con un leggero accento. "E tu sei?"

"Carmella Russo".

Si avvicinò. "Sei sola?", sussurrò a bassa voce.

Lei lo fissò negli occhi e mantenne la faccia seria. "Non più. Sono fidanzata e sto per sposarmi. Fisseremo la data molto presto".

"A-ha." Tirò fuori dal taschino un portasigarette d'oro e lo aprì di scatto, porgendoglielo.

Quando girò la testa per parlare con il barista, lei notò una benda sopra il suo orecchio. "No, grazie", rifiutò l'offerta di un lungo sigarillo affusolato. "Il fumo è un vizio mortale".

"Che ne dici di un altro drink, allora?" Fece scivolare di nuovo il portasigarette nella sua tasca. "I drink non sono mortali, se presi con moderazione".

Che male c'è a lasciargli comprare un bicchiere di succo d'arancia? "Bene. Succo d'arancia, liscio".

Lei guardò il suo spesso braccialetto d'oro. "L'oro è un bene così speculativo, vero?"

"Non quando lo indossi". Il suo ampio sorriso mostrò un altro metallo prezioso: un dente d'oro proprio dietro il canino sinistro. "Ho intenzione di portare tutto il mio oro con me nell'aldilà".

"Sei un faraone?", scherzò.

"Non proprio", rispose lui, in tutta serietà. "Ma dovrei costruire una piramide con un garage per sessantuno auto".

Le sue sopracciglia si alzarono per la sorpresa. "Sessantuno auto?"

"Solo da quando ho dato via le due Bentley a donne belle come te".

"Grazie." Accettò il complimento con un sorriso, ma il pensiero di una Bentley parcheggiata nella sua strada la fece ridere. "Ma una Bentley non starebbe bene nel mio quartiere".

"Sto cercando di darne via un terzo. È una legge dell'universo. È uno dei misteri delle piramidi. A proposito, che ne dici di fare un giro davanti a loro? Sono magnifiche sotto la luce". Fece scivolare un portafoglio dalla tasca e tirò fuori una carta American Express di platino.

"In una delle tue macchine?" chiese lei, senza alcuna intenzione di andare da nessuna parte con lui.

"Certo. Cosa pensi che potremmo prendere? Un cammello?" Ridacchiò quando il barista passò e prese la sua carta.

"Quale hai stasera?"

"Oggi mi sentivo sportivo". Il barista riportò il foglietto e scarabocchiò una firma illeggibile. In realtà le sembravano geroglifici. "Allora, ho portato fuori una delle Ferrari". Indicò fuori dalla finestra a pavimento alcune auto parcheggiate sotto il portico. "Eccola lì. Ho lasciato che la prendesse il parcheggiatore".

Guardò fuori dalla finestra e vide una macchina sportiva rossa, elegante e bassa. Probabilmente costava più del suo appartamento. "È bellissima. Ma una delle Ferrari, hai detto? Quante ne hai?" Mescolando i cubetti di ghiaccio nel suo bicchiere con l'agitatore di plastica. Non riusciva a decidere se quel tipo faceva sul serio o se stava facendo una battuta.

"Oh, cinque o sei. Ho perso il conto". Lui agitò una mano di congedo come per dirle quante paia di jeans aveva. "Ma quella che ho stasera è quella nuova. L'ho comprata solo la settimana scorsa. Ha una sicurezza impeccabile".

"Vuoi dire un allarme extra forte?", chiese.

Lui annuì. "Questo è solo l'inizio. Ha finestre antiproiettile".

La sua bocca si aprì. La chiuse.

"Questo è un posto pericoloso, mia signora. E ultimamente abbiamo avuto più disordini del solito. Una cellula terroristica che si fa chiamare Deadly Underground è attiva qui vicino. Troppo vicino per la mia comodità. Così, ho fatto equipaggiare questa macchina". Abbassò la testa e indicò la benda che lei aveva notato prima. "Vedi questo? Stavo guidando con i finestrini aperti. Non è una cosa intelligente da fare, soprattutto in una macchina con vetri antiproiettile, ma volevo prendere la brezza. Una pioggia di spari è esplosa intorno a me, e un proiettile è sfrecciato oltre, sfiorandomi la testa".

La sua bocca si aprì di nuovo. "Oh, Dio. Sei stato ferito gravemente?"

"No, era solo un graffio. Niente di serio". Accarezzò la macchia come se ne fosse orgoglioso.

"Come hai fatto a non sanguinare per tutto l'interno della tua Ferrari?"

Lui le fece un mezzo sorriso misterioso. "Ho detto che la mia macchina è attrezzata. Ha un kit di pronto soccorso nel vano portaoggetti. Ho accostato, mi sono fasciato la testa e ho guidato fino all'ospedale. Mi hanno rattoppato abbastanza bene. Ho avuto bisogno solo di qualche punto".

Sussultò. "Questo è così... strano per me. Voglio dire, abbiamo sparatorie e omicidi negli Stati Uniti, ma qui..." Un'accozzaglia di emozioni - rabbia, paura, indignazione - la fece scattare. Afferrò il suo bicchiere e fece un pugno con l'altra mano. "Sono così grata di non vivere in Medio Oriente, nella costante paura degli attentatori suicidi". La sua voce si alzò mentre l'argomento la eccitava come sempre. "Ho perso degli amici l'11 settembre. Perché gli israeliani e i palestinesi non possono semplicemente andare d'accordo e condividere il paese e i siti religiosi invece di farsi saltare in aria a vicenda? È pazzesco. Se si comportassero tutti come te, andrebbero tutti d'accordo".

I suoi occhi si restrinsero e la trafissero. "Tu non sai cosa vuol dire vivere così ogni secondo della tua vita. Lo vedi al telegiornale, su internet. Ma non hai idea..." Lui sbatté il bicchiere e andò in frantumi. I frammenti volarono per tutto il bar. Lui alzò la mano sanguinante.

Saltò in piedi, il suo istinto di nutrimento prese il sopravvento. "Ti prendo qualcosa..." Si guardò intorno ma vide solo dei tovaglioli da cocktail striminziti sul bancone.

Corse attraverso l'atrio e fino alla reception. "Avete delle bende?"

La lucida impiegata guardò sotto il bancone e scosse la testa. "Non qui. Posso prenderne un po'. Quale stanza?"

"Non importa". Si precipitò fuori mentre Hani Terif

indicava la sua Ferrari. Il parcheggiatore scese da un'auto parcheggiata di fronte ad essa.

"Devo prendere qualcosa dal vano portaoggetti", disse. Con il parcheggiatore, l'auto era aperta.

Aveva sempre voluto salire su una Ferrari. Non si era mai nemmeno avvicinata ad una. Aprì la porta del passeggero e si infilò dentro. Il sedile di pelle di pecora le sfiorò le gambe nude come nuvole gonfie.

Mentre armeggiava per aprire il vano portaoggetti, toccò il suo fermo d'argento e lo sportello le cadde in grembo. Frugò nello scomparto, rovistando tra le carte, trovando un paio di occhiali da sole firmati e un orologio da polso d'oro. Ma nessun kit di pronto soccorso.

Poi vide un oggetto che le sembrava familiare.

Era un Corano, rilegato in pelle blu, le pagine sfilacciate ai bordi dove erano state sfogliate molte volte. Dove l'aveva già visto? La sua mente ripercorse gli ultimi giorni e si fermò di colpo. Yasar! Portava un Corano identico a questo. Glielo aveva mostrato e le aveva detto di averlo preso a un'asta.

Un avvertimento inquietante le fece accapponare la pelle. Percepì qualcosa di sinistro in questo libro. Aprì la copertina interna, sforzando gli occhi per leggere la scritta nel piccolo cerchio di luce del vano portaoggetti. Si mise una mano sulla bocca per soffocare un urlo. Lì, scritto in inglese, il nome Yasar Massri, la loro prima guida turistica. Come diavolo ci era finito questo Hani, e che legame poteva avere con la guida turistica morta? Conosceva anche Samir, la seconda vittima?

Il suo cuore ebbe un sussulto. Ingoiò un grumo di paura.

Una ricevuta della carta di credito faceva da segnalibro a una pagina al centro del Corano. Con le mani tremanti e sudate, aprì la pagina segnata. I suoi occhi si allargarono su alcune parole scarabocchiate a margine, la lingua le era estranea.

Avrebbe potuto essere ebraico, farsi o aramaico, per quanto ne sapeva lei. Annaspando e tremando, strappò la pagina scarabocchiata dal libro e la infilò nella tasca della gonna.

Si precipitò di nuovo all'interno dell'hotel e nel salone. Hani era seduto lì, un asciugamano da bar avvolto intorno alla sua mano. "Mi dispiace tanto, non sono riuscita a trovare una benda". Non osò dirgli dove aveva guardato. Prima che lui potesse dire una parola, lei sbottò: "Odio tagliare corto, ma devo andare. È stato un piacere conoscerti". Con mille scuse, si scusò e fuggì dal bar, quasi aspettandosi che un colpo di pistola rendesse questo momento il suo ultimo.

Chiese implorando il numero di stanza di Antonio dal portiere di notte con una banconota da 50 dollari. Bussò alla sua porta con il pugno. Il suo cuore avrebbe potuto battere sulla porta, batteva così forte.

Lui aprì la sua porta, con un aspetto più stuzzicante che mai in un paio di attillati pantaloncini da notte neri. La sua vista le tolse il fiato. "Antonio, mi dispiace svegliarti, ma è molto importante". Gli spinse la pagina verso di lui. "Cosa ti sembra questo?"

Si passò le dita tra i capelli arruffati mentre si sforzava di decifrare il misterioso scarabocchio. "Non mi sembra familiare. Come dite voi americani, 'I don't dig'. Dove l'hai preso?"

"Te lo dico dopo. Non sai nemmeno che lingua è?"

"È arabo, ma niente che rientri nel mio limitato vocabolario". "Scosse la testa. "Posso parlare abbastanza bene la lingua, ma le parole scritte, sono un pessimo lettore della lingua".

Lei glielo riprese con una mano tremante. "Questo significa pericolo, lo sento".

"Ehi." Lui le prese la mano tra le sue forti dita e la tenne finché lei non cominciò a calmarsi e a respirare normalmente. "Non sei in pericolo. Non lascerò che ti accada nulla".

"Oh, Antonio, ho tanta paura". Lei cadde tra le sue braccia. "So che non avremmo dovuto fare questo viaggio. Ce l'hanno sconsigliato. Questo tizio sa dove siamo alloggiati. É pericoloso, non mi fido di lui!"

"Quale ragazzo?"

Fece un respiro affannoso, tremando ancora una volta. "Questo ragazzo, Hani, l'ho incontrato nel salone. Abbiamo iniziato a parlare..." Lei gli raccontò quello che era successo.

Le lisciò i capelli e la accompagnò al letto. Facendola sedere, prese un fazzoletto e tamponò le lacrime che le scorrevano a strisce sul viso. "Non sei in pericolo, *Cara*. Non ti farà del male. Sei perfettamente al sicuro. Goditi il tuo tempo in Egitto e non pensare al pericolo".

Sussultò diverse volte e riprese fiato. Quando lo shock iniziale svanì, pensò più chiaramente. "Anch'io non voglio che ti succeda niente. Le nostre ultime due guide turistiche sono state assassinate. Perché non ti stai agitando per questo?". Attraverso le lacrime, la sua immagine sfocata si mise a fuoco mentre lei sbatteva le palpebre.

Si avvicinò a lei e le sollevò il mento con la punta del dito. "Perché non sono coinvolto in nessun gruppo politico e non faccio niente che i terroristi o chiunque altro possa considerare un bersaglio. Mi faccio gli affari miei e resto fuori dalla politica o dalle cause o dai problemi che fanno uccidere la gente qui. Non parlo di politica con i miei amici o la mia famiglia. Non voglio nemmeno parlarne con te".

Inspirava ed espirava come in una lezione di yoga. Il suo cuore rallentò al suo ritmo normale. Il sollievo la inondò. Si tolse la giacca e la mise accanto a sé. "Non devi dirmi le tue inclinazioni politiche. Io non ne ho nessuna. Sono sempre nel mezzo della strada. Non un estremo o l'altro su niente. Voto persino libertario". Si coprì la bocca. "Ops, non dovremmo parlarne". Hanno condiviso un momento di necessaria leggerezza con una risata.

"Beh, non hai nulla di cui preoccuparti. Sei al sicuro, e io lo sono certamente. "Si alzò e aprì il minibar. "Quelle altre guide devono essere state coinvolte in qualche gruppo e hanno causato problemi o hanno detto la cosa sbagliata alla persona sbagliata". Tirò fuori due piccole bottiglie di vino e tolse i tappi. "Certa gente non sa quando tenere la bocca chiusa". Versò il vino in due bicchieri e li portò dove ero. "Tieni. Non è la migliore annata italiana, ma per ora va bene così". Fecero tintinnare i bicchieri e lui portò il suo alle labbra.

"Aspetta." Lei afferrò il suo bicchiere. "Voglio fare un brindisi. A noi. Al primo giorno del nostro futuro insieme. Entrambi sappiamo cosa sta succedendo qui. E anche se i nostri corpi non si sono mai incontrati in questa vita, le nostre anime si sono sicuramente incontrate in qualche altra vita, forse secoli fa. Noi ci apparteniamo, Antonio. Un miracolo mi ha portato qui. Avrei dovuto morire in quell'incidente aereo. Ma invece sono qui con te. Ho sfidato tutte le probabilità per arrivare qui, e lo stesso hai fatto tu. Eravamo destinati a incontrarci e a stare insieme. Non puoi negarlo, vero?"

Lui toccò ancora una volta il suo bicchiere al suo e la fissò negli occhi, mantenendo quello sguardo fino a quando lei quasi annegò nella sua adorazione per lei. "No, non posso negarlo. È un miracolo che siamo entrambi qui. E' destino. E questo è *amore*".

~

Entrò nella sua stanza d'albergo un'ora dopo e rimase incredula. La stanza era a soqquadro; i mobili rovesciati, il materasso su un lato contro il muro, le tende strappate dalle loro aste, i suoi vestiti ed effetti personali sparsi come se un ciclone avesse colpito la stanza. Il tappeto era tirato su ai bordi. Le bottiglie di shampoo vuote giacevano sparse sul pavimento del bagno.

Mentre stava in piedi, intorpidita dallo shock, la porta dell'armadio la colpì nella parte posteriore. Una mano appiccicosa si posò sulla sua bocca. Una fredda e dura canna di pistola le premette contro il collo. Rabbrividì mentre il sudore le bagnava la schiena.

"Peccato che una così bella signora sia una tale ficcanaso", disse la stessa voce vellutata che si era complimentata con le ragazze americane per il loro spirito libero e si vantava delle sessantuno automobili. Ma ora le mandava un fremito di terrore lungo la schiena. "Stiamo andando a fare un giro, ma non alla tomba di Re Tut. Sarà alla tua. Se non collabori".

Lui tolse la mano. Lei ansimò per respirare. "No, Hani-"

Senza niente che la guidasse se non l'istinto di sopravvivenza, lasciò uscire un urlo penetrante e morse la sua mano .

Lui la colpì con la sua pistola. Un lampo di dolore accecante le bruciò il cranio mentre lei crollava a terra.

Svegliandosi, al limite della consapevolezza, la sua prima sensazione fu il calore bruciante della notte e la pressione contro il suo stomaco. Quando i suoi occhi si aprirono, vide la tromba delle scale dell'hotel. La testa le pulsava. Il sudore le bagnava il corpo. Di nuovo, perse i sensi.

La realtà tornò a galla. Si trovava su una strada desolata. Stordita, continuava a ripetersi che *stavo sognando. Ho già avuto degli incubi. Sto sognando, lo so.*

A bocca chiusa, camminò obbedientemente accanto al suo rapitore, sulla strada sterrata. Si fermarono davanti a una Ferrari parcheggiata in uno stretto vicolo. Lei la riconobbe come sua, mentre lui la spingeva e la faceva cadere a terra.

Questo non è un sogno, se ne rese conto mentre il terrore puro le trafiggeva il cuore.

"Dov'è?", ringhiò.

"Dov'è cosa?" Cercò freneticamente nella sua mente annebbiata un bluff.

"La pagina che hai strappato dal Corano. Sai benissimo cosa!".

"L'ho dato alla polizia. Appena prima di salire in camera mia. Saranno qui a momenti!" Le sue parole si unirono in un farfugliamento. Il suo cuore batteva come un tuono.

"Ascolta, puttana. Sarei io il prigioniero al posto tuo se l'avessi dato alla polizia. Ora dov'è?" Lui le infilò la pistola tra i seni mentre la immobilizzava a terra con il braccio libero, con il medaglione d'oro che le penzolava in faccia. Lei sentiva l'odore del suo sudore pungente mescolato a una colonia esotica. "Tira fuori le tasche. So che ce l'hai addosso. Tiralo fuori".

Logorata dallo spavento e dalla sconfitta, si abbassò e recuperò dalla tasca la fragile pagina. Lui lo afferrò.

"Addio", raspò. "Forse ci incontreremo di nuovo in quella grande piramide nel cielo". Si lasciò sfuggire una risata sinistra mentre le puntava l'automatica, prolungando la sua agonia.

Giaceva rannicchiata, con gli occhi ben chiusi, aspettando il dolore, l'oscurità, l'aldilà. Ma non arrivò nulla. Aprì gli occhi, ma Hani era ancora in piedi sopra di lei, con la pistola puntata al petto. I suoi occhi si allargarono quando vide una figura oscura accovacciata dietro il suo aspirante assassino.

Lei sussultò. *Antonio!*

Per coprire la sua sorpresa e guadagnare tempo per il suo soccorritore, accusò: "Così sei stato tu a uccidere Yasar!".

Hani rispose: "Sì, e anche l'altra vostra guida turistica, e diversi soldati israeliani quando sono scappato dalla fattoria Bishara. Sono stato l'unico membro del Deadly Underground a sopravvivere", disse con orgoglio.

Antonio avanzò in silenzio, ormai a tre metri da Hani. *Pensa in fretta!* chiese Carmella alla sua mente ancora annebbiata. "Posso truccarmi la faccia? Non vorrei che qualcuno mi trovasse così!" balbettò, i suoi occhi sfrecciarono verso la sagoma di Antonio, a un'eternità dal salvarla.

La confusione attraversò il volto di Hani; le sue sopracciglia si aggrottarono, le sue labbra si distesero in un ghigno muto.

Antonio spuntò dall'ombra e saltò sulla schiena di Hani. Hani si girò per scrollarsi di dosso il suo aggressore, ma un battito del cuore dopo, sparò a Carmella.

L'attimo di esitazione le salvò la vita. La pistola ruggì, ma il colpo andò lontano dal bersaglio. Il tonfo stridente del placcaggio di Antonio distolse la mira di Hani dal suo obiettivo.

Carmella rimase paralizzata dalla paura e da un fascino spaventoso mentre i corpi muscolosi si dibattevano sul terreno, scivoloso e incandescente di sudore. Si udì lo sparo di un altro colpo. Il suo lampo brillante mostrò gli uomini che si aggrappavano alla pistola, alla vita stessa. Un grugnito, un terzo colpo, il silenzio. Era finita. Entrambi gli uomini giacevano immobili come la morte.

Lei scattò in piedi e si precipitò verso il corpo prono di Antonio, cercando il polso sul collo mentre gli sollevava la testa in grembo.

Antonio aprì gli occhi e fece una domanda: "Stai bene?"

"Sì! E tu?"

"Sono leggermente ferito", si strinse la spalla e trasalì. "Ma lui è... credo di averlo ferito peggio". Si puntellò sui gomiti e si spazzolò lo sporco dalle gambe dei pantaloni.

Sforzandosi di vedere nell'oscurità, guardò Hani. I suoi occhi senza vista fissavano dritto davanti a sé. Un fiotto di sangue usciva dalla sua bocca aperta. "Non si muove. Sembra che non respiri nemmeno".

"Allora è già alle porte del paradiso". Antonio si sforzò di alzarsi ma lei lo spinge indietro.

"No, non alzarti. Chiamo un'ambulanza". Respirò l'aria calda del deserto mentre riprendeva fiato. "Come sapevi di venire qui?"

"Stavo tornando in camera tua per restituirti la giacca che avevi lasciato in camera mia. Ti ho sentito urlare e ti ho seguito fin qui. Quella scritta... sembra essere importante. Devi portarla alla polizia, mostrare loro la lista. Non posso venire con te. Sono stato colpito. Non credo che dovrei muovermi fino all'arrivo di un medico. Prendi il mio cellulare dalla tasca della giacca e chiama il cinque-uno-zero. E' il numero d'emergenza".

"Sì, ti prego, stai bene..." sussurrò lei, abbassando teneramente la testa di lui sul terreno sabbioso. Gli occhi di lui si chiusero mentre lei prendeva il suo telefono dalla tasca. Pulendosi il palmo sudato sulla camicetta, digitò il numero e gli portò il telefono all'orecchio. Lui scrisse una rapida frase in arabo e le fece un cenno.

Si avvicinò in punta di piedi al corpo senza vita del terrorista, immerse due dita nella sua tasca e fece scivolare fuori la carta sfilacciata e accartocciata che era costata tante vite. Fece scivolare quel prezioso oggetto tra i suoi seni.

Un'ambulanza li raggiunse di corsa e li portò all'ospedale. Lei si sedette con Antonio nell'ambulanza, stringendogli la mano, con gli occhi incollati al blip erratico che controllava il suo battito cardiaco.

~

L'ambasciatore degli Stati Uniti Carl Wilson entrò nella stanza d'ospedale dove Antonio era seduto a bere caffè. Carmella lo guardò durante ogni minuto della sua convalescenza, innamorandosi sempre più profondamente dell'eroe in carne ed ossa che aveva sempre aspettato e sognato.

L'ambasciatore si tolse il cappello e sorrise alla coppia coraggiosa.

"Giovane uomo e giovane donna", l'ambasciatore si rivolse a ciascuno a turno, "non solo siete fortunati ad essere vivi, ma siete entrambi eroi. Gli Stati Uniti d'America vi devono molto per aver contribuito a prevenire un massacro. Sapevamo che i Deadly Underground stavano per colpire, ma non sapevamo dove. Avete salvato la vita a sette membri del Parlamento israeliano e a una delegazione dell'ONU. La lista che ci avete dato era la lista dei bersagli del Deadly Underground. Siamo in debito con entrambi, e spero che ci farete sapere se c'è qualcosa che possiamo fare per voi o per le vostre famiglie".

Antonio guardò la sua nuova fidanzata e le prese la mano. "Bene, signore, c'è qualcosa che può fare per la mia famiglia, visto che presto ne acquisirò una nuova. Questa è la mia futura moglie Carmella. Il sogno della sua vita è quello di sposare un italiano in Italia e riportarlo a casa, come hanno fatto i suoi bisnonni. Solo che questo matrimonio è tutt'altro che combinato".

"Oh, è stato organizzato, va bene", lo corregge Carmella, sorridendo all'ambasciatore. "L'universo l'ha organizzato, molti anni fa, quando ho fatto la mia prima richiesta. Ora che il mio desiderio è stato esaudito, voglio dimostrare la mia gratitudine. Quindi, sto invitando leie un ospite al nostro matrimonio, che ho sempre sognato sarebbe stato nella Cappella Sistina. E per accettare la vostra offerta di aiuto..." Lanciò ad Antonio uno sguardo affettuoso. "So che i matrimoni non sono ammessi lì, non permettono nemmeno le foto, ma nessuno di noi due ha legami con il Vaticano. C'è qualche possibilità che lei possa usare la tua influenza per far entrare nella cappella una piccola, diciamo, non più di una dozzina di invitati?"

Gli occhi dell'ambasciatore Wilson sfrecciarono mentre considerava la proposta. "Hmmm, è un ordine elevato. Non posso promettere nulla, ma una volta che la gente del Vaticano avrà sentito la vostra storia, come potrebbero rifiutare? So che Michelangelo vorrebbe vedervi scambiarvi i voti circondati dalle sue squisite opere d'arte. So anche che romantici sono gli italiani. Ma potrebbe non essere domani. Roma non è stata costruita in un giorno, lo sa".

"Certo, signore", rispose Antonio per entrambi. "La Cappella Sistina ci ha aspettato cinquecento anni, noi possiamo certamente aspettare un pò di più".

Il volo di ritorno a Londra partì esattamente in orario. Di nuovo in carrozza sedevano il professor Everett, che scriveva appunti sul suo portatile, Janice Everett che ammirava il suo nuovo rosario turchese e Jeff Sullivan che progettava un nuovo gioco per computer, "La vendetta di Ramses".

Nella fila centrale sedeva Anna Maria Russo, che studiava il diagramma delle uscite di emergenza dell'aereo, e Carmella sedeva nel posto di corridoio. Antonio si sedette accanto a lei.

Quando l'aereo raggiunse l'altitudine di crociera, Carmella spinse indietro il suo sedile e si reclinò. Un uomo camminava lungo il corridoio, sfogliando le pagine di un piccolo libro blu. Lo lasciò cadere proprio al suo fianco, e mentre si chinava per raccoglierlo, lei ne scorse la copertina. Quella finta pelle, quella scritta in oro, le pagine sfrangiate...

Un'ondata di panico malato la invase. Afferrando il braccio di Antonio, cercava le parole, incapace di formare una frase coerente.

"È... è il Corano blu. Ce l'ha lui!" Carmella sussultò, con il cuore in gola.

Antonio ridacchiò e le strinse la guancia. "Non c'è niente di cui preoccuparsi. Siamo perfettamente al sicuro, non ci succederà nulla". Lui la baciò dolcemente, poi mise la mano in tasca.

Tirò fuori un piccolo Corano di pelle blu e lo sfogliò al centro, rivelando lo spazio sfrangiato dove era stata strappata quella pagina mortale. "Vedi", disse, "ho acquisito un piccolo souvenir per conto mio".

CORPI DI PALUDE

L'UOMO magro giaceva su un fianco in posizione fetale. La sua pelle bronzea e coriacea gettava un bagliore sordo nella luce del sole calante. A parte un berretto di pelle marrone e una cintura, non indossava nulla. Ma non era certo un bagnante nudo qui fuori nella torbiera con solo due accessori per completare il suo vestito di compleanno.

Era un cadavere di duemila anni.

"È inquietante. Sembra che possa essere morto ieri". Lo studente di archeologia scosse la testa con stupore mentre il suo mentore, il professor Wilhelm Jorgensen, e altri cinque studenti fissavano il corpo perfettamente conservato.

Il professor Jorgensen si alzò dalla sua posizione inginocchiata sul bordo della fossa poco profonda, si tolse gli occhiali e si rivolse agli studenti stupiti. Infilandosi le mani in tasca per proteggerle dal vento danese, spiegò: "Questo è uno dei tanti, amici miei. Più di cento di questi corpi sono stati trovati nelle torbiere qui a Tollund Fen, così come nella Germania settentrionale e nei Paesi Bassi. La torba lo ha macchiato, e i suoi acidi contenenti ferro lo hanno conservato.

L'esame dei pollini vicini ci dice che queste sepolture sono avvenute circa duemila anni fa".

Geir Svenning si allontanò dai suoi compagni di studio, che battevano tutti sui loro tablet. Stava in piedi sopra la tomba, i suoi capelli biondi che volavano in tutte le direzioni, il suo sguardo zelante fisso sull'espressione placida del morto. La testa, conficcata nel terreno con un profilo a tre quarti, esponeva palpebre pesanti e un sottile naso aquilino, le labbra si aprivano per rivelare denti ingialliti. Ciuffi di capelli polverosi cospargevano la pelle distesa sul cranio. Un osso del braccio esposto sporgeva dalla carne rimanente ad angolo retto rispetto alle ginocchia tirate. Geir anticipò la sensazione della carne antica sotto le sue dita sensibili. "Cosa ne facciamo di lui, professore?" Geir cercò in tasca il suo affidabile kit di antiacidi.

"Gli scavatori del Museo Nazionale lo imballeranno e lo spediranno a Copenaghen per studiarlo. Con il loro permesso, saremo in grado di controllare l'indagine e scoprire di più su questo vecchio misterioso". Scattò alcune foto del cadavere con il suo cellulare. "Finché non gli daranno un nome proprio, lo chiameremo Tollund Man".

Al museo di Copenaghen, una squadra di archeologi ha fatto un'altra scoperta sconvolgente esaminando l'Uomo di Tollund. Rimuovendo un pezzo di torba accanto alla testa, hanno trovato un cappio di cuoio stretto intorno al collo dell'uomo. Mentre Geir e il professor Jorgensen stavano osservando, una faccia stupita incontrava l'altra quando il puzzle si incastrava: L'uomo di Tollund era stato strangolato.

Geir girò la pagina del suo diario ingiallito. Erano passati vent'anni da quando aveva iniziato a registrare le voci. La sensazione delle pagine frondose lo riportò immediatamente al giorno in cui aveva allungato la mano destra per toccare l'antica fronte. Sorprendentemente, non aveva sentito la pelle. Era dura e liscia, fossilizzata, come i sandali che aveva scavato in una città scomparsa dell'Iraq settentrionale, risalenti al 1500 a.C.

Tornando al diario, rivide gli appunti scarabocchiati della lezione del professor Jorgensen dopo che avevano determinato il motivo della morte dell'Uomo Tollund: era stato tranquillamente ucciso e offerto agli dei in un rituale pagano nordico. Poteva essere un sacerdote, o semplicemente un martire, che rinunciava alla sua vita terrena per i suoi superstiti. Il suo ultimo pasto, dopo un'indagine del suo tratto digestivo, era stato cereali e semi di girasole, ingeriti per germinare e crescere dal viaggio della dea attraverso il paesaggio primaverile. *Semi di girasole!* Geir si meravigliò. *Ancora intatti e non digeriti dopo duemila anni!*

Chiuse gli occhi mentre l'immagine di venti secoli prima appariva nella sua mente.

"Geeeir!" L'urlo penetrante di sua moglie mandò in frantumi i suoi pensieri e lo rispedì sulla Terra; alla sua vita di professore di archeologia oberato di lavoro e al suo matrimonio tragicamente infelice. Gudrun gli avrebbe senza dubbio chiesto di svolgere un altro lavoro umile: portare fuori la spazzatura o lavare la tazza del caffè o cercare il telecomando che aveva perso.

La trovò sdraiata sul divano del soggiorno, con le unghie dipinte di un rosso sangue penetrante, un contrasto grottesco con la sua tunica arancione e i capelli giallo canarino. "Fammi uno spuntino, caro, sono stata così occupata tutto il giorno a fare shopping, in piedi in lunghe file, con le scarpe che quasi mi soffocavano i piedi..." Si stiracchiò e sbadigliò. "Mi farò perdonare. Ti preparerò la cena una sera della prossima settimana".

A Geir non sarebbe dispiaciuto tanto se lei avesse voluto solo oziare in casa, leggendo riviste e giocando su internet. Desideroso di darle tutto quello che poteva permettersi, aveva assunto una cameriera e un cuoco. Ma tutto quello che lei aveva prodotto in un decennio e mezzo di matrimonio erano due pasti bruciati oltre il riconoscimento, al loro primo e decimo anniversario. Le sue incessanti richieste e i suoi piagnistei per avere più soldi la rendevano insopportabile da vivere.

"Perché non divorziare da lei?", gli chiesero ripetutamente i suoi colleghi, consapevoli della sua situazione.

"Semplice", rispondeva lui. "Non me lo posso permettere". Era più che in un solco, era in una tomba; una catacomba nel profondo della Madre Terra da cui nessun uomo mortale poteva fuggire. Proprio come l'uomo sacrificale Tollund che aveva esaminato vent'anni prima. Strangolato, gettato in una tomba, un sacrificio agli dei, un sacrificio, un sacrificio...

La parola fischiava nella sua mente come una frase musicale mentre versava una miscela di semi e noci in una ciotola. Quanto sarebbe stato veramente disposta a sacrificare Gudrun? Avrebbe mai sacrificato qualcosa per questo matrimonio... o per la sua fine misericordiosa?

Le parole del professor Jorgensen riecheggiarono per due decenni: "Chi ha ucciso quest'uomo duemila anni fa?" Il professore aveva posto la domanda retorica alla classe, trenta giovani archeologi impazienti, ognuno desideroso di fare quella scoperta che avrebbe annunciato il loro successo. "Duemila anni e non lo sapremo mai".

"Non lo sapranno mai", Geir ripeté le parole del professor Jorgensen ad alta voce, facendo eco alla voce profonda e invadente, il tono che cercava sempre di emulare mentre faceva lezione ai suoi studenti. Cercando di fermare le mani tremanti, posò la ciotola di semi e noci sul tavolo di fronte a sua moglie.

"Cosa stai borbottando?" Gudrun chiese, torcendo il tappo della bottiglia chiuso mentre l'odore pungente dello smalto si dissolveva nell'aria.

"Niente, niente. Continua a fare... qualsiasi cosa tu faccia". Uscì dal soggiorno e si diresse verso la cabina armadio di Gudrun. Accese la luce e davanti ai suoi occhi apparve un guardaroba che rivaleggiava con quello di una top model. Scorse la serie di capi colorati: abiti a fiori, maglioni di cachemire, pantaloni di pelle, tutti griffati. Vide una pila di cappelli che stavano per cadere dallo scaffale in alto; borse di tutti i colori dell'arcobaleno pendevano da ganci sulla parete più lontana. Scomparti di plastica ai suoi piedi contenevano abbastanza calzature da far calzare una famiglia di centopiedi. I suoi occhi vagarono un po' più lontano, fino all'angolo opposto, dove lei teneva i suoi accessori. Tutto in vera pelle, solo il meglio. Quanti alligatori, agnelli e alci avevano sacrificato le loro pelli per vestire Gudrun Svenning con elegante splendore? Altre scarpe, cinture e borse con borchie e rifiniture d'oro scintillante. Allungò un braccio e sfogliò le cinghie di cuoio appese a un albero-cintura girevole. Le fibbie tintinnavano dolcemente mentre tintinnavano l'una contro l'altra, cinture marroni, cinture rosse, così tante cinture.

Nessuno lo saprà mai.

"Ha ragione, professore", rispose Geir al lamento dei vent'anni. "Nessuno lo farà mai".

Il ticchettio dei tacchi di Geir risuonò nel corridoio buio mentre si avvicinava al laboratorio di ricerca. Illuminando la torcia sulla serratura, inserì la chiave e si appoggiò alla pesante porta.

Gemeva sui suoi cardini arrugginiti quando entrò, aprì la teca di vetro con una chiave più piccola e recuperò l'unico oggetto che gli serviva. Se la mise in tasca, la sostituì con una delle sue e chiuse la vetrina. Poi sollevò una bottiglia di acido solforico concentrato da uno scaffale alto, facendo attenzione che il liquido mortale non uscisse dal tappo di gomma. Si mise in bocca un antiacido mentre usciva dal laboratorio, chiuse a chiave e tornò alla sua auto.

Le afferrò il polso tra il pollice e l'indice per assicurarsi che fosse morta. L'antico cappio di cuoio si era quasi spezzato, ma lui aveva tirato più forte che poteva, mentre guardava l'ultimo respiro di sua moglie lasciare il corpo agitato. Le labbra impallidirono fino al blu, mentre il colore abbandonava le guance, sfumando in un marmo gessoso. Un altro rituale pagano, ma molto moderno.

Le tolse i vestiti, gettando via la vestaglia di seta, strappando le pantofole di ermellino dai piedi gelati. Il sole era tramontato; l'oscurità avvolgeva la stanza. I suoi occhi si adattarono alle ombre pungenti mentre le puliva lo smalto rosso dalle unghie con un bastoncino di cotone e un flacone di solvente che aveva trovato sul tavolo del trucco tra i sieri e le creme.

Il suo contachilometri indicava che era a 56 chilometri da Aarhus. Accostò vicino a una torbiera simile a quella in cui avevano trovato l'Uomo di Tollund. Scavò una fossa di un metro e mezzo e cosparse i bordi di semi di polline. Lavorando con i fari spenti dei fari della sua auto, piegò le mani guantate, trascinò il corpo di sua moglie dall'auto e macchiò la pelle di marrone con la torba. Sistemandola in posizione fetale, la gettò nella tomba, con il cappio stretto intorno al collo. Versò dell'acido sulle mani e sul viso per emulare una rapida decomposizione e cancellare i tratti del viso e le impronte digitali. Spalò di nuovo la torba nella tomba.

Completato il semplice rituale, tornò di corsa alla sua macchina, gettò la pala sul sedile posteriore e se ne andò, sgranocchiando semi di girasole.

Ora Gudrun apparteneva agli dei, una donna Tollund.

"Sì, ispettore, è stata via più di due settimane. Le ho comprato un biglietto del treno per Copenhagen, solo per portarla fuori di casa. L'ho trascurata terribilmente. Sono stato così occupato nelle ultime settimane".

L'ispettore Larsen annuì, masticando i suoi baffi troppo cresciuti con il labbro inferiore occupato. "Avete controllato con la polizia di Copenaghen?".

"Sì, diverse volte. Non c'è stata traccia di lei". Geir forzò l'angoscia nel suo tono e si strinse le mani.

L'ispettore spinse Geir verso la camera da letto e scrutò la zona. Geir lo guidò verso l'armadio di Gudrun, azionò l'interruttore e lasciò che l'ispettore frugasse tra i vestiti. Le sue enormi zampe afferrarono abiti, giacche e pantaloni.

"Non ha portato molto con sé, vero?" L'ispettore si rivolse a Geir, che ancora si torceva le mani, cercando di forzare le lacrime.

Geir cercava le parole, i capelli gli cadevano negli occhi mentre prendeva il pettine d'argento di Gudrun e spazzava le ciocche indisciplinate dalla fronte. "Beh, lei... ha sempre avuto molti vestiti, sa... sa le donne..." emise una piccola risatina.

L'ispettore non si unì a lui. Invece, si voltò e si diresse verso il tavolo del trucco di Gudrun, esattamente come lei lo aveva lasciato. Contemplò la serie di cosmetici con un puntino di meraviglia negli occhi. Scrutò un oggetto alla volta, esaminando le numerose bottiglie di smalto: Copper Frost, Cosmic Crimson, Sky Blue Pink. "Che bella tonalità di rosso", commentò il Cosmic Crimson. Abbandonò gli smalti e studiò gli ombretti, le ciprie, tutte con sfumature descrittive: Tawny Peach, Barely Beige, Blushing Pink. "Una donna che si trucca così tanto non dovrebbe essere molto difficile da trovare", osservò.

"Non aveva nessun motivo per andarsene. Assolutamente nessuna. Eravamo così felici insieme", sottolineò Geir nell'ultima frase.

"Ce l'aveva proprio fatta, eh?". Un grosso sopracciglio si alzò e scomparve sotto l'ombra del cappello dell'ispettore mentre si girava per uscire dalla toilette di Gudrun.

"Aveva praticamente tutto quello che una donna può desiderare", insistette Geir, scuotendo la testa. "Mi manca terribilmente".

"Ne sono certo". L'ispettore guardò i mobili antichi, il tappeto turco di seta. Dopo aver annotato altre informazioni sul suo taccuino, assicurò a Geir che si sarebbe tenuto in contatto e si voltò per andarsene. Geir lo vide uscire e si mise in bocca un antiacido.

Con una scintilla di *déjà vu* che gli accende la memoria, il professor Geir Svenning rispose a una chiamata al telefono mentre fava lezione. Un corpo scoperto di recente vicino ad Aarhus... l'avevano trovato degli operai che tagliavano la torba... questa era una donna... simile a tutte le altre...

Gli sarebbe piaciuto vederlo?

Vide l'ispettore Larsen sul posto con diversi studenti che scrutavano la tomba, mostrando uno stupore a bocca aperta.

"Qual è la sua opinione su questo, professore?" L'ispettore lo salutò, il suo dito sul pulsante di un piccolo registratore digitale. Due studenti si avvicinarono a Geir e fecero scattare i loro registratori, sbattendoglieli in faccia.

"E'... è un altro dei pagani sacrificali..." cominciò, dopo aver dato solo un breve sguardo nella tomba di tre anni alla donna, il cappio di cuoio intatto come la notte in cui l'aveva allacciato. "Questa donna è vissuta durante l'età del ferro dell'Europa settentrionale, all'inizio dell'era cristiana".

Concluse la sua dichiarazione con il famoso assioma del professor Jorgensen: "Ma nessuno lo saprà mai". E aggiunse, ridacchiando: "Il nostro buon ispettore, qui, probabilmente era ancora in servizio quando questo crimine ha avuto luogo. Sta perdendo il suo tempo cercando di risolvere questo caso, signore. Lo lasci a noi archeologi".

L'ispettore fece cenno agli studenti di andare avanti. Si allontanarono dopo un'ultima occhiata alla tomba, incapaci di nascondere le loro smorfie e sorrisi comuni.

"È molto interessante, professore. Grazie per averci illuminato". L'ispettore tese una mano callosa e Geir la prese. Si strinsero.

"Non c'è di che, ispettore. Ora devo andare, ho una lezione alle undici". Sorrise, girandosi con calma e dirigendosi verso la sua macchina, asciugandosi le perle di sudore dal labbro superiore.

"Solo un'ultima cosa, professor Svenning". La voce

dell'ispettore risuonò nelle sue orecchie come il battito della campana del giorno del giudizio.

"Cosa c'è?" Si fermò e si voltò a metà strada, lottando per tenere la tensione fuori dalla voce mentre il suo cuore cominciava a sbattere.

"Lei ha trascurato un piccolo dettaglio nel suo esame sommario di questa donna dell'Età del Ferro, professore. I pagani di duemila anni fa non mettevano lo smalto Cosmic Crimson sulle unghie dei piedi".

IL SUO PROPRIO CAPO

NEW YORK CITY, 1933

Il poliziotto novellino Jimmy DeBari si avvicinò al tenente Frank Russo mentre l'ambulanza trasportava l'ultima vittima all'obitorio.

"Tenente, signore, non so come ha fatto", disse DeBari. "Ma certamente spero di poter risolvere un caso così grande, un giorno".

"Lo farai, figliolo, lo farai sicuramente". Frank si mise la fondina contro il fianco. "Quando sarai al mio posto, omicidi come questo saranno piccole patate. Forse riuscirai a smantellare un sindacato. Sarà qualcosa da raccontare ai tuoi nipoti".

"Finché posso dire loro che la conoscevo, signore, questo mi basta!". DeBari sorrise.

Frank si rivolse all'imponente capitano George Murphy. "Ho fatto tutto quello che potevo fare quaggiù, Murph. Vado a casa a vedere l'ultimo tempo di Amos 'N Andy".

"Sì, Frank, vai a casa". Il capitano Murphy guardò il giovane tenente con i suoi occhi a conchiglia e attraversò la stanza della merceria piena di proiettili, tradendo a malapena la zoppia che aveva acquisito dopo essere stato ferito nella Grande Guerra. "Un giorno..." mormorò tra sé e sé, tastando il suo freddo distintivo. "Un giorno..."

Frank salì a grandi passi i gradini del portico del suo palazzo a tre piani ed entrò nello stretto corridoio che puzzava sempre di lisciva e aglio. Un altro caso di omicidio risolto, pensò con un sorriso compiaciuto, e un altro fiore all'occhiello del più giovane tenente della polizia di Jersey City. A trent'anni aveva già messo sotto controllo la fonte di una delle più antiche operazioni di usura della città, la potente famiglia Lionetti. Aveva mandato in prigione a vita un esercito di compari e tirapiedi. Aveva modi, aveva metodi, aveva fonti, ma soprattutto aveva due labbra ben serrate che si aprivano solo a piatti di pasta e a vino rosso fatto in casa da suo padre.

Frank entrò nel suo quadrilocale sul retro e aprì la finestra che dava su un condotto di aerazione. "Devo andarmene da questa topaia", mormorò, mettendo insieme un panino alla mortadella. Si diresse verso la radio Zenith e armeggiò con i pulsanti.

Capo Antonio Lionetti, o "Boss Tony" per il suo piccolo esercito di soldati e "uomini dei bottoni", ribolliva a denti stretti. Dopo il suo apprendistato nella famigerata Purple Gang di Detroit, aveva finalmente raggiunto l'attuale apice del potere. Da un umile uomo dei bottoni, aveva scalato i ranghi, dimostrando ai vecchi "Mustache Petes" di essere capace di una competenza micidiale nell'arte dell'omicidio su commissione, risolvendo le dispute sindacali spezzando arti con precisione quasi chirurgica, e scagliando bombe contro le vetrine dei proprietari di negozi non compiacenti.

Tutto il suo duro lavoro era ora in pericolo di essere

annullato. Guardando ancora una volta il titolo abbagliante del giornale, batté il pugno sul tavolo. Il posacenere si rovesciò, mentre sbuffi di cenere e punte di sigaro masticate inondavano la stanza, imbrattando il suo vestito a righe gessate.

"Di nuovo! L'ha fatto di nuovo!" Maledicendo sottovoce, si precipitò al telefono e chiamò il capitano Murphy. Due squilli, poi tre. "Dov'è quel buffone?" ringhiò, quando la voce assonnata di Murphy sostituì il monotono squillo.

"Tu", raspò Boss Tony. "Come ha fatto Russo a farla franca, me lo dici? Ha appena fatto fuori uno dei nostri uomini migliori! Che succede qui, amico, non fate il vostro lavoro?"

"Non lo so, capo. Che Dio mi aiuti, non lo so. Russo non vuole dirci come ha risolto quel caso o gli altri. Le sue labbra sono sigillate".

"Sì, beh, il resto di lui sarà sigillato in una tuta di cemento, a meno che tu non la smetta di cazzeggiare e non scopra come questo tizio si procura tutto lo sporco su di noi. Posso tagliarti fuori tanto facilmente quanto posso tagliare un arrosto di fesa a metà!" Sbatté giù la cornetta, lasciando un attonito capitano Murphy ad agonizzare, per la decima volta, su come Frank Russo avesse esposto tutte le loro nefaste operazioni.

"Ah, fortuna sfacciata, dev'essere così", borbottò Murphy. Soddisfatto della sua teoria, si girò per recuperare il sonno che aveva perso.

Sistemato sulla sedia del suo ufficio al quartier generale della polizia di Mulberry Street, Frank Russo afferrò il telefono che tintinnava.

"Ehi, Russo", la voce era familiare come quella di sua madre che riecheggiava lungo Mott Street per farlo tornare a casa a mangiare. La voce senza volto, enigmatica, che non parlava con nessuno in polizia tranne che con lui. La voce che tutti sapevano essere la sua fonte, e che avrebbe preferito vedere l'Armageddon piuttosto che rivelare la sua identità.

"Sì, cos'hai questa volta?" Frank fece girare tutte le teste verso di lui mentre appoggiava i piedi sulla scrivania di legno scheggiato.

"Una persona che non deve bere gin da vasca da bagno è Boss Lionetti", continuò la voce, liscia come un bicchierino di scotch liscio che cola in una gola secca. "Fa il contrabbandiere da prima del proibizionismo, per la pratica".

"È giusto?" Esortò Russo, annuendo. Gli altri poliziotti si riunirono intorno a lui in attesa della prossima profezia. "E cosa possiamo fare, di grazia, per questa operazione illecita?"

"Ha un grosso carico in arrivo ai piedi di Montgomery Street alle due di domani mattina. Qualche migliaio di galloni di liquore, da consegnare a tutti i suoi fidati distributori. Ora sappiamo tutti che il contrabbando è contro la legge di questo grande paese, vero, Russo?"

"Beh, tutti devono avere un hobby. Grazie, amico. Dopo questo, Lionetti rimpiangerà di essersi messo a sedere sull'asta della bandiera". Rimise a posto la cornetta e incontrò gli occhi dei membri della sua squadra, un paio alla volta, ognuno più ampio e più agitato dell'altro.

"Voi andate a casa e dormite un po'. Poi ci incontreremo tutti ai piedi di Montgomery Street alle due del mattino. In punto. E vedrete la storia ripetersi perché siamo stati invitati a una rievocazione del Boston Tea Party, in stile Jersey!"

L'ultima cosa che Boss Lionetti si aspettava era che quel Russo dalla faccia di pesca chiudesse la sua operazione di contrabbando dopo tutto questo tempo.

"Il mondo crollerà su questa città se non agiamo", disse con calma al capitano Murphy, così calma che lo spaventò. Perché non urlava e non batteva i pugni come faceva sempre? Quello lo sapeva gestire. Ma quando il capo Lionetti parlò con tanta calma e attenzione, il suo sigaro incastrato tra le spesse labbra mentre parlava, Murphy strinse gli occhi, diffidente. Così, lo

dlibbò con quello che considerava un colpo di genio: "Ci sono, capo. Organizzeremo un lavoro fasullo. Lionetti si recherà sul posto e niente rovinerà la consegna di stasera. Lo manderemo dall'altra parte del distretto, fino alla sezione polacca, se vuoi".

"Stai scherzando?" Boss Tony si accigliò. "Laggiù considerano un crimine se una casalinga non pulisce abbastanza il suo portico. Mandalo alla gioielleria di Bart. Digli che ci sarà una rapina e che deve coprirla con il suo distintivo lucido d'argento e la sua canna da quarantacinque".

Murphy strinse le dita. "E poi, quando arriva laggiù, cosa faranno i proprietari quando comincerà a sparare prima e a fare domande dopo?"

"Niente." Boss Tony sorrise. "Saranno troppo occupati a giocare a poker nella stanza sul retro per accorgersi della sua presenza".

~

Ma la voce liscia come la seta disse a Frank Russo dove trovarsi. Arrivò, fece il suo lavoro e ancora una volta sbalordì tutti tranne la squadra nella stanza sul retro della gioielleria di Bart, la cui partita di poker notturna continuò ininterrotta.

~

"Sbarazzati di lui", chiese Boss Tony. "Ne ho abbastanza. Sono stato un bravo ragazzo per troppo tempo. Se non ti sbarazzi di lui, lo farò io".

Il capitano Murphy guardò in silenzio stupito mentre Boss

Tony masticava il sigaro tra i suoi denti macchiati. "Sono convinto che abbia una fonte. Farlo fuori non risolverà nulla, Boss. Dobbiamo trovare la sua fonte. È quello che sprechiamo, non lui. Posso mandarlo via e non sentiremo più parlare di lui. I ragazzi giù alla centrale continuano a dirmi che lui riceve queste soffiate anonime: queste brevi conversazioni di un minuto, solo frammenti di dialogo, quasi in codice, e Russo le segue. Ma è qui che sono perplesso. Chi può essere?"

Boss Tony scosse la testa. "Non lo so. Ma non ho intenzione di perdere tempo a giocare a Charlie Chan. Ti do ventiquattro ore. Ci penseranno anche i miei ragazzi". I suoi occhi fissavano il capitano come due otto palle, i bianchi giallastri spenti che si abbinavano ai suoi denti come accessori del guardaroba.

"Certo, capo. Me ne occuperò subito". Murphy chinò rispettosamente la testa e sparì.

La figliastra di Boss Tony, Anna Maria, gli si avvicinò e gli rivelò i suoi sentimenti per l'uomo che aveva catturato il suo cuore. Il suo nome era Frank Russo. "È così forte e bello. Ha i capelli neri ondulati e le spalle larghe, gli zigomi lisci, gli occhi verdi brillanti, e si veste così bene..."

Tony si tolse il sigaro per la prima volta dalle otto di quella mattina. Sporgendosi in avanti, allungò il braccio e sferrò un colpo che mandò Maria a barcollare attraverso la stanza per schiantarsi contro la parete più lontana, con le mani stese a protezione del viso pieno di lividi. "Stupida ragazza!" esplose lui, guardando oltre lei, fuori dalla finestra, con gli occhi fissi su un albero malandato che assomigliava in modo grottesco alla sua figliastra, mentre lei si rannicchiava contro il muro. "Non vedi cosa sta cercando di fare? Vuole controllare il mio impero e ora sta rovinando la tua reputazione, impiegandoti come canale per i miei affari! Vattene da qui! Ora!"

Anna Maria uscì dalla stanza, emettendo un singhiozzo strappato mentre raggiungeva la porta.

"E se fai ancora il nome di Frank Russo, ti metto in convento!"

~

La voce suonava un po' arruffata, ma conservava ancora la sua cadenza fluida.

"Ti stanno addosso, piccola. Sanno che hai una fonte e stanno cercando di incastrarci. Ora cosa facciamo?"

"Proprio il contrario di quello che si aspettano da noi. Niente." Frank Russo lucidò un gemello d'oro e lo inserì nell'asola della manica, cullando la cornetta tra il collo e la spalla. "Dimmi solo se sai qualcosa che sta succedendo stasera".

"Beh, sì, in effetti è così. La Dom's Tavern è il posto giusto stasera. Il sindaco Craig sta per accettare una bella bustarella dall'imprenditore Scarlatti per la nuova scuola. Stasera, tra le sette e le nove. Conosci la sua Duesenberg argentata, vero?"

"Certo che sì. Il sindaco, eh? Devo essere presente. Non posso stare a guardare la mia città cadere preda di un leader corrotto. Dica alla stampa di tirare fuori quei grandi caratteri in stampatello che usano per i titoli extra large. Ci vediamo a pagina uno".

La squadra guardò il loro capo. Le due parole "Sindaco Craig" furono tutto quello che dovettero sentire. Sbalorditi, ascoltarono mentre il tenente diceva loro che sarebbe stato in grado di risolvere questo caso da solo. Questo sarebbe stato un colpo molto pulito, e anche facile.

~

Jersey City si stava preparando per una nuova elezione del sindaco e i pugni di Boss Tony si stringevano abbastanza forte da schiacciare un topo di fogna nell'oblio.

"Le tue ventiquattro ore sono finite molto tempo fa, amico!" esplose al capitano Murphy. "La betoniera è pronta a girare a destra su Railroad Avenue. E non ho intenzione di perdere altro tempo. Ci sta rovinando, ya gavone".

"Vacci piano, capo", il capitano Murphy cercò di tranquillizzare il capo Tony con il suo sorriso da polvere da denti Colgate. "Ho buone notizie. Ti piacerà. Ieri ho licenziato Russo. L'ho buttato fuori a calci nell'orecchio. Se ne va in Florida. Non abbiamo più nulla di cui preoccuparci. Ora, che ne dici se prendiamo il traghetto per attraversare il fiume e andiamo da Umberto a mangiare dei manicotti per festeggiare? Offro io".

Ovviamente soddisfatto, Boss Tony sorrise, la luce che brillava sulla sua testa pelata come un faro. "Buono, buono. Ma noi andiamo da Calabrese. Non preoccuparti di pagare il conto lì".

"Oh, devo trattarti, capo". Murphy strinse le mani.

"Non pago mai da Calabrese". Brandì un sorrisetto compiaciuto.

"Allora conosci il proprietario?" Gli occhi di Murphy si sgranarono.

"Sì, molto bene". Aggrottò un sopracciglio cespuglioso. "Lo stai guardando, stupido!"

Prima che Frank Russo infilasse il suo biglietto del treno per Miami nella tasca interna della giacca, inviò un biglietto anonimo alla famiglia di Boss Tony per una buona ragione: l'uomo sarebbe morto entro dodici ore.

"Da Calabrese", aveva detto la voce. "Per la cena".

Non doveva essere presente. Qualcuno avrebbe fatto il lavoro al posto suo. Ora che quasi tutte le operazioni di Boss Tony erano sotto controllo, era il momento di sbarazzarsi del patriarca di quella famiglia inescusabilmente corrotta una volta per tutte. Avrebbe aspettato fino a dopo cena - lasciando che l'uomo si godesse il suo ultimo piatto di manicotti - e poi sarebbe stato tutto finito. Un altro "Mustache Pete" scomparso.

Scese all'inceneritore e gettò un pacchetto sui carboni ardenti. Il pacchetto conteneva la sua uniforme da poliziotto.

Uscì in giardino e tenne una simbolica funzione funebre per il suo distintivo d'argento, che si era un po' appannato sui bordi. Scavò una buca e lo mise nella sua tomba, pronunciando un elogio funebre per le forze di polizia condannate. "Senza di me, cadranno sicuramente a pezzi". Si spazzolò via le particelle di sporco dalle mani e tornò dentro per finire di fare i bagagli.

La sua telefonata arrivò esattamente alle otto e due minuti. Boss Tony doveva essere morto da due minuti.

"È tutto fatto", la voce arrivò traboccante di autocompiacimento.

"È pieno di buchi?" Chiese Frank, le sue labbra si allargarono in un sorriso.

"Come il formaggio svizzero".

"Bene." Sorrise soddisfatto.

"Ora è tutto liscio come l'olio, stiamo tutti aspettando che tu intervenga e prenda il comando... Boss Frank".

"Grazie, Anna Maria. Ma prima andiamo a Miami per una bella e meritata vacanza".

"HO ALTRI PIANI..."

"CON LA TUA personalità e il mio cervello, faremo una fortuna. Come possiamo perdere? Questa è Houston!" Ben Blanchard si rivolse a Roy White con un ampio gesto verso l'elegante complesso della Galleria di fronte al lussuoso ufficio di Roy. "Io farò tutto il marketing, tu farai tutto il lavoro tecnico, e ci rotoleremo dentro prima che tu possa prendere al lazo un armadillo. Ammettilo, Roy. Hai bisogno di me. E posso rimettere in sesto questo business più velocemente di quanto tu possa saltare il tuo prossimo aereo per Cancun. Che ne dici, allora? Il quarantanove per cento delle azioni. E' un affare? Mi ripagherò molte volte".

Roy si mise a sditalinarsi le manette monogrammate irrigidite e a giocherellare con il suo "giocattolo esecutivo", cinque palline ticchettanti sospese a delle corde, meravigliosamente aderenti alle leggi della fisica. "Ti dico una cosa, Ben", cominciò, il suo tono basso e monotono. "Ti darò il dieci per cento degli onorari. Dovrebbe ammontare a circa la metà dei profitti, a volte di più, a volte di meno. Non posso darti così tante azioni. Ho già tre azionisti e..." Fece un respiro profondo. "Non posso fare un passo del genere adesso". Girò i suoi occhi invecchiati verso l'energico uomo d'affari, vedendo il crudo entusiasmo. Roy sapeva che il ragazzo era una dinamo. Conosceva anche abbastanza trentacinquenni che se la spassavano per il paese senza la più vaga idea di come fosse una dichiarazione dei redditi. Suo figlio era uno di loro.

"Capisco". Ben annuì. "Un decimo dei profitti è perfettamente accettabile". Piegò le braccia sul petto. "Ma non puoi fare anche tutto il marketing e tutto il lavoro, Roy. Ti stai uccidendo. Hai bisogno di..."

"Va bene, Ben". Roy alzò la mano. "Hai fatto il tuo discorso di vendita e ho abboccato. Ora smetti di blaterare su quanto sei grande e vai fuori a produrre".

Ben alzò la mano destra sulla fronte in un finto saluto. "Ay ay, signore. Ma prima di dare fuoco al mondo, che ne dici di un ultimo pranzo da tre Martini per il viaggio?"

Così iniziò la partnership nota al mondo degli affari come White Enterprises, LLC. In quattro brevi anni, l'affascinante, dinamico e vestito per il successo Ben Blanchard aveva quadruplicato le vendite lorde dell'azienda, rendendola una delle prime 500 imprese di Houston. I cospicui profitti portarono case tentacolari, auto appariscenti, gite a Tahiti e un articolo a colori sul Texas Monthly.

Ma Ben Blanchard possedeva ancora solo il dieci per cento della società che aveva fatto risorgere da solo. "Rendiamo pubblica l'azienda", aveva suggerito a Roy un giorno mentre era in volo verso San Antonio per ispezionare un cantiere.

"Non sulla tua vita!" Roy, che aveva da poco rilevato gli altri tre soci, masticò delle noccioline.

Deluso, Ben scrollò le spalle, si voltò a guardare fuori dalla finestra e continuò a vivere con il suo dieci per cento.

Finché sua moglie non lo aveva cominciato a tormentarlo.

"Per l'amor di Dio, Ben, non vedi cosa ti sta facendo? Non

sei altro che un tirapiedi che va a correre per tutta la città con questo caldo appiccicoso, seduto nel traffico, portando i suoi amici a pranzi di potere. Assume altri peones per fare il suo lavoro mentre lui sta seduto sul suo sedere a leggere il Wall Street Journal e a raccogliere il suo novanta per cento. Dopo che gli hai costruito una base di clienti abbastanza solida, ti spremerà quel dieci proprio come ha fatto con gli altri suoi partner. Vuole tutto per sé. E noi saremo per strada senza niente da mostrare".

"Roy non farebbe mai una cosa del genere, Sybil", ribatté Ben, controllando attentamente i suoi pantaloni alla ricerca di fili pendenti. "Inoltre, non è bravo nel marketing e lo sa. Non ha la personalità per mescolarsi e affascinare come faccio io. Non è pieno di risorse; non riesce mai a raggiungere le persone giuste. Ecco perché gli affari andavano avanti con un margine di profitto del cinque per cento prima che arrivassi io".

"Sì, e lui sta rastrellando il quindici per cento e tu ne prendi solo un decimo! Se sei un uomo d'affari così saggio, digli che vuoi almeno un altro venti per cento. Per l'amor di Dio, Ben, sono anni che siamo nella stessa maledetta routine! Se sei tu il cervello dell'organizzazione, usalo per cambiare. Pretendi che ti dia di più!"

Per una volta ascoltò il suo incessante tormento; prima l'aveva sempre spento, ed era per questo che non aveva mai saputo quale fosse il suo vero problema. Le aveva semplicemente dato una pila di carte di credito, aveva fatto pagare le bollette al suo contabile e aveva ignorato i suoi lamenti sui soldi. "Forse ha ragione", borbottava tra sé e sé, un'abitudine fin dall'infanzia. Dislessico da bambino, leggeva tutto ad alta voce. Poi cominciò a verbalizzare i suoi pensieri, il più delle volte senza nemmeno rendersene conto. Sì, qualcosa gli stava dicendo di fermarsi e valutare quello che lei aveva detto. Dopo tutto, erano passati quattro anni...

"Mi dispiace, Ben, ma non posso". Roy scosse la testa, il pompadour rigidamente spruzzato e tinto che brillava alla luce del sole. "Ho fondato l'azienda con i soldi della famiglia, e deve rimanere tale. Sai che avrai tutto quando io... lo sai".

"Andiamo, Roy", esortò Ben. "Sei ancora sul lato buono dei sessantacinque anni. E anche se entrambi lavoriamo duramente, dovresti sapere ormai che non avresti nessuno di questi clienti se non fosse per la mia esperta negoziazione e diplomazia".

"Sai quanto lo apprezzo, Ben, ma devo dire di no. Mi dispiace". Roy si alzò dalla sua sedia di pelle e si diresse fuori dalle porte scorrevoli di vetro per mettersi sul balcone. Si sporse oltre la ringhiera verso la città tentacolare sotto di lui, un rituale che compiva ogni mezzogiorno.

"Se lo dici tu, Roy". Ben girò su un tacco e uscì lentamente dall'ufficio, la sua mente impegnata a calcolare il piano B.

"Beh, gliel'hai chiesto?" Implorò la moglie di Ben, seguendolo sui tacchi lungo il corridoio e nella camera da letto.

Si sfilò la giacca e si voltò verso di lei, guardandola negli occhi che rivelavano un'innegabile frustrazione. "Non preoccuparti, tesoro". Le fece l'occhiolino, allentando la cravatta e scuotendola. "Avrai tutto quello che vuoi. Dammi solo un po' di tempo".

"Tempo! Sono quattro anni che ci lavori e non hai mai..."

"Ho detto", la interruppe lui, facendo schioccare la sua cravatta come una frusta a pochi centimetri dalla sua faccia, "dammi tempo. E non rompermi mai più con questa storia, capito?". Allontanandosi, aprì la porta del bagno, si chiuse dentro e si fece una doccia calda.

~

Ben decise di dare al suo socio anziano un'altra possibilità di concedergli più azioni prima di agire. La risposta fu la stessa degli ultimi quattro anni: "Mi dispiace, Ben, ma..."

Il *tuo tempo è scaduto*, pensò Ben. Se sei dispiaciuto ora, aspetta di vedere quanto sarai dispiaciuto dopo.

~

Ridgefield, Ltd., il loro più grande cliente, faceva gentilmente volare i due partner e le loro mogli alla festa di Natale di ogni anno, un'elegante serata di cena e intrattenimento nell'elegante Hyatt Regency di Dallas. Mentre il presidente della Ridgefield faceva il tradizionale brindisi con lo champagne, duecento dirigenti in smoking brindavano a un altro nuovo anno prospero e redditizio.

Ben guardò con la coda dell'occhio mentre il suo compagno sorseggiava il liquido frizzante. Un altro sorso, poi un altro. Gli occhi di Ben si spalancarono quando Roy cominciò ad ansimare e a balbettare. Ben si precipitò ad afferrare l'uomo più anziano mentre crollava, privo di sensi.

La moglie di Roy urlò. "Oh, Roy, no! Qualcuno aiuti mio marito. Credo che stia avendo un attacco di cuore!"

I paramedici arrivarono e portarono Roy al Parkland Hospital.

"Va tutto bene, signora White", disse Ben alla corpulenta matrona bionda che singhiozzava in un fazzoletto di pizzo. "Starà bene, ne sono sicuro" borbottò, più a se stesso che alla donna frenetica.

Roy visse per vedere il nuovo anno e Ben trascorse le vacanze fissando in bianco le partite di calcio in TV ed elaborando il piano B-1. "Sì, è questo!" pensò ad alta voce, riempiendosi la bocca di Doritos. "Deve funzionare!"

"Cosa deve funzionare?", gli chiese sua moglie, abituata al suo pensiero verbalizzato.

"Oh, niente." Agitò una mano sprezzante mentre le ruote della sua mente giravano. "Solo un nuovo concetto di marketing".

Ben non aveva molto tempo per essere fantasioso. Affittò una anonima berlina marrone per qualche notte e seguì ogni mossa di Roy dalle cinque in poi. Parcheggiò in una strada buia dietro l'edificio dell'ufficio, si sedette al posto di guida e aspettò. Aveva scelto un periodo dell'anno molto adatto; alle cinque del pomeriggio era buio pesto. Alle sei e trentacinque, il distinto dirigente scese come sempre le scale dell'ingresso, preferendo fare il giro dell'edificio piuttosto che usare l'uscita posteriore.

"A-ha, eccolo lì, proprio sul bersaglio", borbottò Ben. Senza distogliere lo sguardo dal suo compagno, Ben girò la chiave nell'accensione e il motore prese vita. Guardando Roy che si dirigeva verso di lui, inserì una marcia bassa e mollò il freno. Arrivò in fondo alla strada a circa un miglio all'ora, a fari spenti. Tutto ciò che Roy poteva sentire era il ronzio di un motore lontano, che si mescolava al rombo del traffico sulla strada principale dietro di lui.

Roy si avvicinò al garage dell'edificio, la sua auto parcheggiata a circa quindici metri da dove Ben lo aveva pedinato.

"Andiamo, piccola, andiamo, andiamo!" Ben esortava mentre Roy attraversava la strada in diagonale, dirigendosi verso la sua auto. "Ora!" urlò una voce demoniaca, e lui schiacciò l'acceleratore. Il suo corpo si inarcò in avanti con l'improvvisa sbandata dell'auto. Le luci gli sfrecciarono accanto, abbagliandolo. Mentre sfrecciava lungo la strada, si rese conto di aver mancato completamente Roy, e senza fari o luci posteriori, non riusciva a vedere nulla nel nero inchiostro dietro di lui. Schiacciò il freno un piede prima dell'incrocio occupato. Il traffico sfrecciava sulla trafficata strada a quattro corsie. "Dannazione!" Picchiò il volante. "Ho rovinato tutto!"

Roy si prese il giorno successivo di riposo e non parlò mai dell'incidente. Ben restituì l'auto con nient'altro che un po' di gomma bruciata dalle gomme.

Ben pianificò di aspettare un periodo di tempo sicuro prima di istigare il Piano B-2, così nessuno si sarebbe insospettito delle ultime tendenze di Roy in fatto di incidenti.

Ben aveva telefonato a sua moglie per dirle che sarebbe stato impegnato in riunioni, ma rispose la casella vocale. Dopo averle lasciato un messaggio, aspettò fino alle 5:30, mangiò un panino da Subway e tornò in ufficio alle sette. Entrò nell'edificio buio, salì al secondo piano, accese l'interruttore della luce del corridoio ed entrò nell'ufficio vuoto di Roy. Il telefono cominciò a squillare mentre entrava, ma sapeva che avrebbe risposto la segreteria telefonica .

Il chiamante lasciò il suo nome, il numero e l'ora della chiamata. Non volendo accendere la luce dell'ufficio, Ben accese la sua torcia tascabile e puntò un debole raggio sulla scrivania disordinata di Roy. Il cono di luce scorse la serie di penne, cartelline e pile di riviste di Wall Street. Alzò la torcia e la puntò verso le porte scorrevoli di vetro. Il riflesso lo illuminava come un faro. Fece un passo avanti, sbloccò la serratura e aprì il cursore. "A-ha." Si leccò le labbra per la gioia. "Che ne dici di un po' d'aria fresca, Roy?"

Posizionando la torcia su un lato in modo che brillasse sulla ringhiera del balcone, attraversò l'ufficio per recuperare la borsa in cui aveva portato gli attrezzi del suo mestiere: cacciavite, pinze, chiave inglese. Mentre tornava al balcone, inciampò e si schiantò di testa contro la scrivania di Roy. Il dannato filo della segreteria telefonica! Inciampò e cadde di netto sulla macchina, battendo la testa sul piano della scrivania, con le braccia stese a protezione davanti a sé. Il meccanismo ronzò all'interno della macchina mentre lui emetteva una serie di imprecazioni. Cercò nella sua borsa i semplici strumenti che avrebbero messo Roy White fuori dagli affari, in modo permanente.

Dopo circa due minuti, uscì sul balcone e, nella penombra della torcia, allentò le viti che tenevano la ringhiera al muro. "Ci siamo, socio", mormorò, "il veleno non ti ha seppellito e l'auto non ti ha schiacciato, ma quando ti appoggerai a mezzogiorno su questo balcone", il suo sinistro chiocciare riecheggiò nell'ufficio vuoto, "vedrai le nuvole, eccetto che le vedrai guardare giù dalle porte perlate".

Completato il suo compito, chiuse la saracinesca, la chiuse a chiave e raccolse i suoi attrezzi. Sfoggiando lo stesso ampio sorriso che aveva conquistato molti clienti, lasciò l'edificio.

～

"Vieni qui, per favore". La voce di Roy, un po' più burbera del solito, tradiva un'agitazione che Ben non aveva mai rilevato nel tono del suo compagno.

"Stai bene?" Ben si precipitò nell'ufficio di Roy. "Cosa c'è? Sembra che tu abbia visto un fantasma!" Ed era così. Il suo viso era più pallido delle pagine del suo calendario da tavolo aperto sulla scrivania. L'uomo aveva l'aria affranta.

"Mi è appena venuto in mente, Ben, che c'è stato un gioco sporco qui intorno. Qualcuno vuole farmi fuori". I suoi occhi incontrarono quelli di Ben, incrociandosi mentre si concentravano.

Contraendo i muscoli per evitare di tremare, Ben guardò fuori dal finestrino e giocherellò con la sua cravatta. "Oh, andiamo, Roy, hai letto troppi di quei misteri di omicidio. Che melodramma. Qualcuno vuole farmi fuori", imitò la voce del suo compagno, esagerando la qualità del destino e del presagio. "Chi vorrebbe fare una cosa del genere e perché?"

Dopo aver parlato, si pentì di averla formulata in quel modo, sapendo di essersi lasciato aperto alla risposta che temeva:

"Chi e perché?" Fissò Ben con gli occhi stretti. "Tu sei il chi e il denaro e il perché".

Lui sbottò. "Roy, come puoi..." Dannazione. Si maledisse per non aver fatto le prove. Come reagire? Insultato? Ferito? Andare sulla difensiva? Lo ha ad-libbedito, semplicemente lasciando che Roy continuasse.

"Sono diventato sospettoso dopo il tentativo di fuga, Ben, ragazzo mio. Ho sperato, Dio mi è testimone, ho sperato che non fossi tu; l'uomo su cui avevo contato e di cui mi ero fidato per tutti questi anni. Avevo sperato che quello sporco denaro marcio non significasse così tanto per te. Ma dovevo assicurarmene. Dopo tutto, eri stato così paziente e cooperativo fino ad ora, vivendo con il tuo dieci per cento. Ma per essere sicuro, ho assunto qualcuno per indagare su questi strani avvenimenti. E qualcosa è stato trovato". Fece una pausa. Ben trattenne il respiro. "Sono riuscito a prendere il numero di targa della berlina che mi ha quasi investito, e sono sicuro che si può risalire a te, soprattutto dopo aver sentito le imprecazioni che hai pronunciato quando sei inciampato sul cavo lì", indicò l'orribile cavo nero che correva sul pavimento fino alla maledetta segreteria telefonica, "e le frasi incriminate che hai divulgato quando hai fatto il tuo sporco lavoro sul balcone. Hai tirato l'interruttore che attiva il registratore di messaggi e hai registrato la tua voce. Ho recuperato due messaggi sulla macchina, uno subito prima e uno subito dopo la tua irruzione. Uno era alle 7:05 e l'altro alle 7:15, il che ti ha dato esattamente dieci minuti per tendere la trappola e fuggire. Dovresti cercare di confinare i tuoi pensieri nella tua mente, Ben, e assicurarti che sia in moto prima di impegnare la lingua, perché questa volta ti ho davvero in pugno".

Colpito dal torpore, Ben sprofondò nella sedia più vicina, incapace di incontrare gli occhi del suo compagno.

"Ma non ho intenzione di sporgere denuncia, Ben. Mi sputerei addosso se lo facessi. Hai sempre avuto ragione, amico mio. Ho bisogno di te per questo affare. So che stai facendo un lavoro fantastico. In effetti, a Natale stavo per darti un altro venticinque per cento dell'azienda per esaudire finalmente il tuo desiderio. E se pensi che io stia bluffando, chiedi a mia moglie. Ha iscritto la mozione nel registro aziendale. Ma no, tu mi volevi morto per avere tutto, non solo un misero venticinque per cento. Non potevi aspettare qualche anno in più, finché non mi fosse venuto naturale, per avere tutto. Doveva essere ora".

L'umidità fredda filtrava attraverso la giacca della tuta di Ben. Non aveva mai sudato così prima. Rabbrividì. Gli occhi di Roy lo bloccarono.

"Sì, Ben, ti terrò come socio. Infatti, ti darò ancora quel venticinque per cento a Natale. Perché so che sei un gran lavoratore e non sarei da nessuna parte senza di te. Non sarei da nessuna parte neanche se i tuoi piani non fossero andati a monte, ma non è questo il punto. Ora, ho scritto una nota concisa che è nelle mani del mio avvocato. Vi si afferma che tu, Benjamin Blanchard, hai tentato in tre diverse occasioni di uccidermi. Il nastro incriminato è insieme al biglietto. Dice inoltre che se mi capitasse di incontrare la morte in qualsiasi modo che assomigli ad un gioco sporco o sospetto, che la polizia sia contattata immediatamente e che tu sia accusato del mio omicidio. Hai altro da dire, Ben?"

Ben scosse la testa, il torpore che si insinuava fino alle radici dei suoi capelli. Scalciò il filo, quell'odioso filo, come se fosse uno scarafaggio.

"Allora?" Le labbra di Roy si distesero in un mezzo sorriso, un mezzo sorrisetto. "Cos'hai da dire in tua difesa?"

Ben serrò la bocca e mormorò tra i denti stretti: "Mi hai beccato, socio. Da questo momento sto voltando pagina e mi pentirò. Che tu e Dio possiate perdonarmi".

Alle due del mattino seguente, una figura oscura emerse da sotto la Mercedes di Roy White. Pulendosi il grasso dalle mani, si voltò verso la corpulenta matrona biondo platino in piedi accanto a lui, avvolta in una vestaglia trapuntata.

"Metà adesso, metà a lavoro finito", sussurrò, anche se erano le uniche due persone nella strada vuota.

Gli porse una busta rigonfia. "Ci vediamo domani per l'altra metà, Lou", mormorò, si voltò ed entrò in casa sua.

Il poliziotto arrivò alla porta di Ben Blanchard subito dopo la sua seconda tazza di caffè la mattina seguente.

Ben rimase sbalordito nel vedere le due imponenti uniformi che bloccavano la luce sulla sua porta. "Polizia di Houston".

"Cos'è tutto questo, agenti?" Il cuore di Ben martellava.

"Il signor Benjamin Blanchard?" chiese il più grande dei due, mostrando il suo distintivo.

"Sì..."

"Roy White è stato ucciso ieri sera quando i suoi freni hanno ceduto sulla 610 Loop. È in arresto per il suo omicidio. Bill, leggigli i suoi diritti".

Caro lettore,

Speriamo che leggere *Omicidio Al Chiaro Di Luna* ti sia piaciuto. Per favore, prenditi un attimo per lasciare una recensione, anche breve. La tua opinione è molto importante.

Saluti

Diana Rubino e il team Next Chapter

Omicidio Al Chiaro Di Luna
ISBN: 978-4-82414-257-3

Pubblicato da
Next Chapter
2-5-6 SANNO
SANNO BRIDGE
143-0023 Ota-Ku, Tokyo
+818035793528

15 aprile 2022

www.ingramcontent.com/pod-product-compliance
Lightning Source LLC
LaVergne TN
LVHW041434170726
843492LV00008B/2588